「十三五」国家重点图书出版规划项目
国家社会科学基金重大项目「中国近代日记文献叙录、整理与研究」
（项目编号：18ZDA259）阶段性研究成果

中国近现代稀见史料丛刊【第八辑】

张剑 徐雁平 彭国忠 主编

师竹庐随笔

（清）窦镇 著

林怡 整理

本辑执行主编 徐雁平

凤凰出版社

图书在版编目（CIP）数据

师竹庐随笔 / (清) 窦镇著 ; 林怡整理. -- 南京 : 凤凰出版社, 2021.9
(中国近现代稀见史料丛刊. 第八辑)
ISBN 978-7-5506-3473-2

Ⅰ. ①师… Ⅱ. ①窦… ②林… Ⅲ. ①随笔—作品集—中国—清代 Ⅳ. ①I264.9

中国版本图书馆CIP数据核字(2021)第182790号

书　　名　师竹庐随笔
著　　者　(清)窦　镇 著　林　怡 整理
责任编辑　张永堃
特约编辑　黄如嘉
装帧设计　姜　嵩
出版发行　凤凰出版社(原江苏古籍出版社)
　　　　　发行部电话025-83223462
出版社地址　江苏省南京市中央路165号,邮编:210009
出版社网址　http://www.fhcbs.com
照　　排　南京凯建文化发展有限公司
印　　刷　江苏凤凰通达印刷有限公司
　　　　　江苏省南京市六合区冶山镇,邮编:211523
开　　本　880毫米×1230毫米　1/32
印　　张　5.125
字　　数　133千字
版　　次　2021年9月第1版
印　　次　2021年9月第1次印刷
标准书号　ISBN 978-7-5506-3473-2
定　　价　58.00元
(本书凡印装错误可向承印厂调换,电话:025-57572508)

袁行霈先生题辞

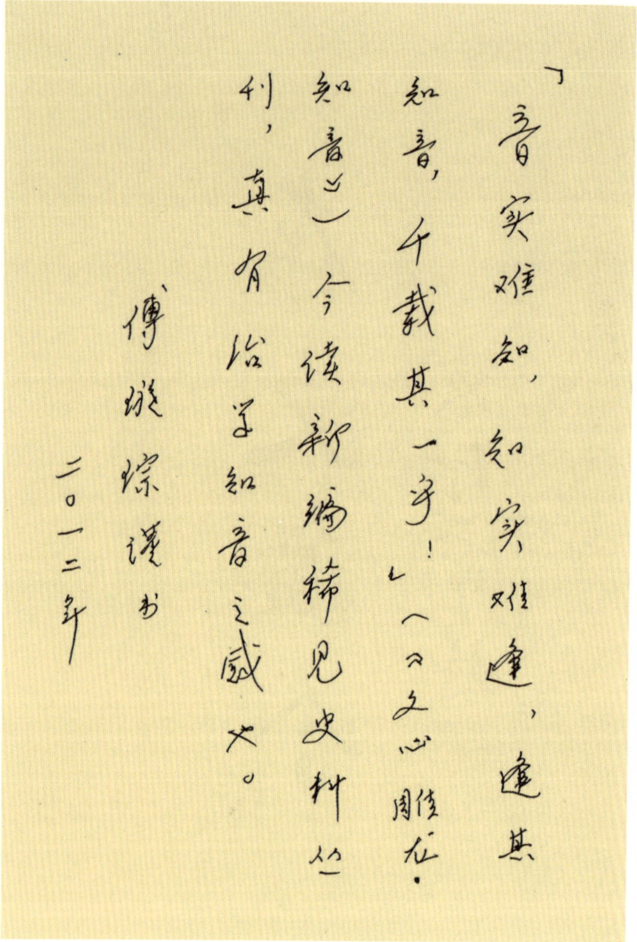

「音实难知，知实难逢，逢其知音，千载其一乎！」（《文心雕龙·知音》）今读新编稀见史料丛刊，真有治学知音之感矣。

傅璇琮谨书
二〇一二年

傅璇琮先生题辞

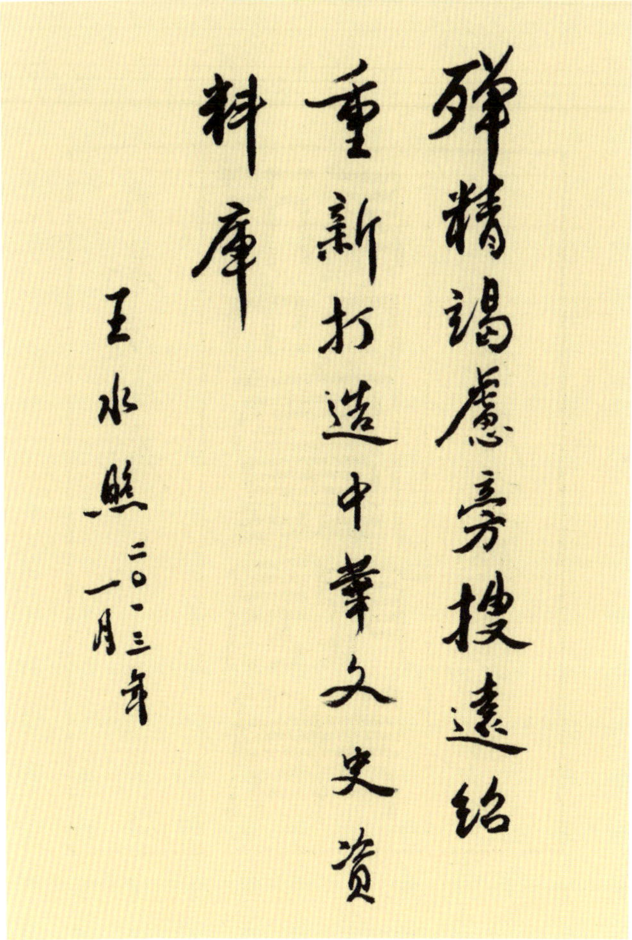
殚精竭慮旁搜遠绍
重新打造中華文史资
料庫
王水照 二〇一三年一月

王水照先生题辞

书影一

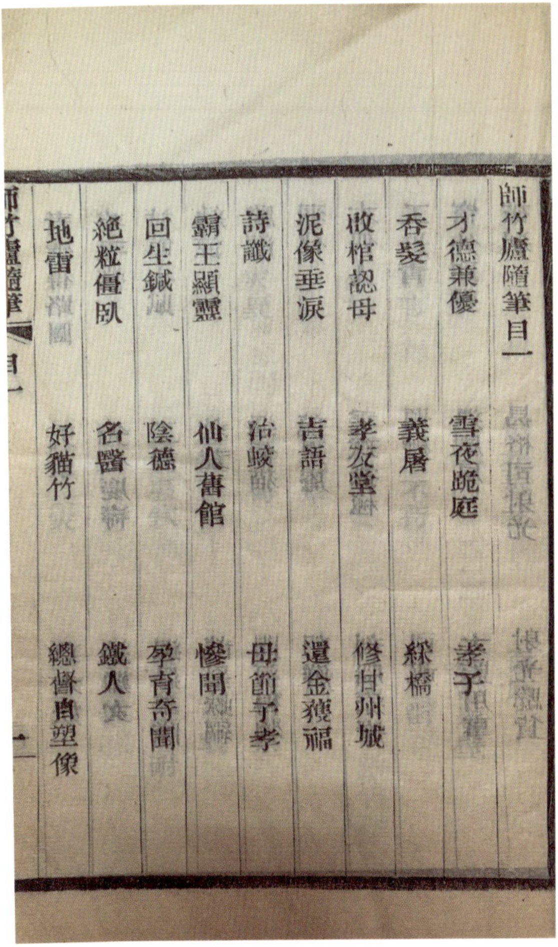
師竹廬隨筆目一

才德兼優　雪夜跪庭　孝子
香髮　義屠　綵橋
敬棺認母　孝友堂　修甘州城
泥像垂淚　吉語　還金獲福
詩讖　治蛟　母節子孝
霸王顯靈　仙人書館　慘聞
回生鍼　陰德　孕育奇聞
絕粒僵臥　名醫　鐵人
地雷　好貓竹　總督自塑像

師竹廬隨筆　目一

书影二

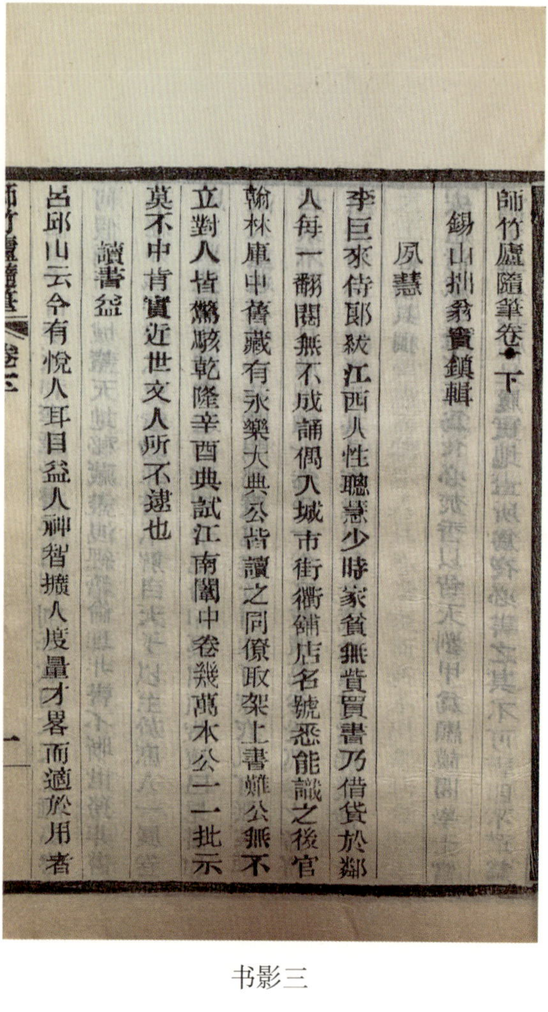
師竹廬隨筆卷下

錫山捌象賓鎮輯

夙慧

李巨來侍郎紱江西人性聰慧少時家貧無貲買書乃借貸於鄰人每一翻閱無不成誦偶入城市街衢舖店名號悉能識之後官翰林庫中舊藏有永樂大典公皆讀之同僚取架上書難公無不立對人皆驚駭乾隆辛酉典試江南闈中卷幾萬本公一一批示莫不中肯實近世文人所不逮也

讀書益

呂邸山云今有悅人耳目益人神智擴人度量才畧而適於用者

師竹廬隨筆　一

书影三

《中国近现代稀见史料丛刊》总序

在世界所有的文明中，中华文明也许可说是“唯一从古代存留至今的文明”（罗素《中国问题》）。她绵延不绝、永葆生机的秘诀何在？袁行霈先生做过很好的总结：“和平、和谐、包容、开明、革新、开放，就是回顾中华文明史所得到的主要启示。凡是大体上处于这种状况的时候，文明就繁荣发展，而当与之背离的时候，文明就会减慢发展的速度甚至停滞不前。”（《中华文明的历史启示》，《北京大学学报》2007年第1期）

但我们也要清醒看到，数千年的中华文明带给我们的并不全是积极遗产，其长时段积累而成的生活方式与价值观具有强大的稳定性，使她在应对挑战时所做的必要革新与转变，相比他者往往显得迟缓和沉重。即使是面对佛教这种柔性的文化进入，也是历经数百年之久才使之彻底完成中国化，成为中华文明的一部分；更不用说遭逢“数千年来未有之变局”、“数千年未有之强敌”（李鸿章《筹议海防折》），“数千年未有之巨劫奇变”（陈寅恪《王观堂先生挽词序》）的中国近现代。晚清至今虽历一百六十余年，但是，足以应对当今世界全方位挑战的新型中华文明还没能最终形成，变动和融合仍在进行。1998年6月17日，美国三位前总统（布什、卡特、福特）和二十四位前国务卿、前财政部长、前国防部长、前国家安全顾问致信国会称：“中国注定要在21世纪中成为一个伟大的经济和政治强国。”（徐中约著《中国近代史》上册第六版英文版序，香港中文大学2002年版）即便如此，我们也不能盲目乐观，认为中华文明已经转型成功，相反，中华文明今天面对的挑战更为复杂和严峻。新型的中华文明到底会怎样呈现，又怎样具体表现或作用于政治、经济、文化等层面，人们还在不断探索。这个问题，我们这一代恐怕无法给出答案。但我们坚信，在历史上曾经灿烂辉煌的中华文明必将凤凰浴火，涅槃重生。这既是数千年已经存在的中华文明发展史告诉我们的经验事实，也是所有为中国文化所化之人应有的信念和责任。

不过，对于近现代这一涉及当代中国合法性的重要历史阶段，我们了解得还过于粗线条。她所遗存下来的史料范围广阔，内容复杂，且有数量庞大且富有价值的稀见史料未被发掘和利用，这不仅会影响到我们对这段历史的全面了解和规律性认识，也会影响到今天中国新型文明和现代化建设对它的科学借鉴。有一则印度谚语如是说："骑在树枝上锯树枝的时候，千万不要锯自己骑着的那一根。"那么，就让我们用自己的专业知识与能力，为承载和养育我们的中华文明做一点有益的事情——这是我们编纂这套《中国近现代稀见史料丛刊》的初衷。

书名中的"近现代"，主要指 1840—1949 年这一时段，但上限并非以一标志性的事件一刀切割，可以适当向前延展，然与所指较为宽泛的包含整个清朝的"近代中国"、"晚期中华帝国"又有所区分。将近现代连为一体，并有意淡化起始的界限，是想表达一种历史的整体观。我们观看社会发展变革的波澜，当然要回看波澜如何生，风从何处来；也要看波澜如何扩散，或为涟漪，或为浪涛。个人的生活记录，与大历史相比，更多地显现出生活的连续。变局中的个体，经历的可能是渐变。《丛刊》期望通过整合多种稀见史料，以个体陈述的方式，从生活、文化、风习、人情等多个层面，重现具有连续性的近现代中国社会。

书名中的"稀见"，只是相对而言。因为随着时代与科技的进步，越来越多的珍本秘籍经影印或数字化方式处理后，真身虽仍"稀见"，化身却成为"可见"。但是，高昂的定价、难辨的字迹、未经标点的文本，仍使其处于专业研究的小众阅读状态。况且尚有大量未被影印或数字化的文献，或流传较少，或未被整合，也造成阅读和利用的不便。因此，《丛刊》侧重选择未被纳入电子数据库的文献，尤欢迎整理那些辨识困难、断句费力、裒合不易或是其他具有难度和挑战性的文献，也欢迎整理那些确有价值但被人们习见思维与眼光所遮蔽的文献，在我们看来，这些文献都可属于“稀见”。

书名中的“史料”，不局限于严格意义上的历史学范畴，举凡日记、书信、奏牍、笔记、诗文集、诗话、词话乃至序跋汇编等，只要是某方面能够反映时代政治、经济、文化特色以及人物生平、思想、性情的文献，都在考虑之列。我们的目的，是想以切实的工作，促进处于秘藏、边缘、零散等状态的史料转化为新型的文献，通过一辑、二辑、三辑……这样的累积性整理，自然地呈现出一种规模与气象，与其他已经整理出版的文献相互关联，形成一个丰茂的文献群，从而揭示在宏大的中国近现代叙事背后，还有很多未被打量过的局部、日常与细节；在主流周边或更远处，还有富于变化的细小溪流；甚至在主流中，还有漩涡，在边缘，还有静止之水。近现代中国是大变革、大痛苦的时代，身处变局中的个体接物处事的伸屈、所思所想的起落，藉纸墨得以留存，这是一个时代的个人记录。此中有文学、文化、生活；也时有动乱、战争、革命。我们整理史料，是提供一种俯首细看的方式，或者一种贴近近现代社会和文化的文本。当然，对这些个人印记明显的史料，也要客观地看待其价值，需要与其他史料联系和比照阅读，减少因个人视角、立场或叙述体裁带来的偏差。

知识皆有其价值和魅力，知识分子也应具有价值关怀和理想追求。清人舒位诗云“名士十年无赖贼”（《金谷园故址》），我们警惕袖手空谈，傲慢指点江山；鲁迅先生诗云“我以我血荐轩辕”（《自题小像》），我们愿意埋头苦干，逐步趋近理想。我们没有奢望这套《丛刊》产生宏大的效果，只是盼望所做的一切，能融合于前贤时彦所做的贡献之中，共同为中华文明的成功转型，适当“缩短和减轻分娩的痛苦”（马克思《资本论》第一卷第一版序言）。

《丛刊》的编纂，得到了诸多前辈、时贤和出版社的大力扶植。袁行霈先生、傅璇琮先生、王水照先生题辞勖勉，周勋初先生来信鼓励，凤凰出版社姜小青总编辑赋予信任，刘跃进先生还慷慨同意将其列入“中华文学史史料学会”重大规划项目，学界其他友好也多有不同形式的帮助……这些，都增添了我们做好这套《丛刊》的信心。必须一提的是，《丛刊》原拟主编四人（张剑、张晖、徐雁平、彭国忠），每位主编负责一辑，周而复始，滚动发展，原计划由张晖负责第四辑，但他尚未正式投入工作即于 2013 年 3 月 15 日赍志而殁，令人抱恨终天，我们将以兢兢业业的工作表达对他的怀念。

《丛刊》的基本整理方式为简体横排和标点（鼓励必要的校释），以期更广泛地传播知识、更好地服务社会。希望我们的工作，得到更多朋友的理解和支持。

2013 年 4 月 15 日

目　录

出版说明

窦镇(1847—1928),字叔英,号拙翁,江苏无锡名士。自署九峰淡士,室号“小绿天庵”。性耽书画,以书法名,辑有《国朝书画家笔录》,著有《师竹庐随笔》《锡金续识小录》等,其著述版本及馆藏情况见本书附录部分。

《师竹庐随笔》分为上下两卷,李灵年、杨忠主编的《清人别集总目》没有单列其目,而是把它附记在“《小绿天庵》诗文补遗1卷民国九年木活字排印本(无锡)”条目后①。已知国内收藏该随笔的图书馆如下:

(1) 民国八年(1919)刻本2册

华师大X10.18—10/8.781;福建省图书馆862.98/781。

另藏:南京图书馆、天津图书馆。

(2) 民国八至十年(1919—1921)活字本5册(1函)

北大Y/5558/3883。

(3) 民国十年(1921)木活字本2册

上海图书馆(线普492646—47)。

《师竹庐随笔》最后部分是窦镇的“自述”。“自述”即其自编年谱,始于道光二十七年(1847)出生时,终于己未年(1919)七十三岁时。在己未年(1919)六月末,窦镇记下“刊工来设榻排印家乘,因有一二事议未定,先印诗、词、随笔,则家乘告成在冬间矣”。据此,我们

---

① 李灵年、杨忠主编《清人别集总目》第三卷2333页,安徽教育出版社2000年版。

认为上述华师大、福建省图、南京图书馆、天津图书馆所收藏的1919年刻本两册，就是窦镇“自述”所记的木活字本，北大和上图所藏应也是此刊本，但两馆编目所录刊刻时间或有模糊之处，北大馆录为5册，不知何据。此次标点，所据版本为福建省图书馆所藏的《师竹庐随笔》上下卷两册。上卷目录除外，正文共七十三页，半页十行，行二十五字。左右双边，白口，单鱼尾。下卷目录除外，正文共七十九页。第1册上卷封面右行行书题“九峰淡士著”；正中行由无锡著名隶体书法家曾铨(1867—?)①以篆书题“师竹庐随笔”；左行行书题“次庵曾铨署耑”。扉页内长方形框中隶书题“己未孟秋之月校印”，两行八字。可见《师竹庐随笔》准确刊刻时间为1919年农历七月。

窦镇生逢鸦片战争后迄民国推翻帝制，中国社会急剧裂变。他年少历太平军攻陷无锡，江南富庶之境顿成兵荒马乱的丧亡之场，其父亲、祖母、祖父、长兄、母亲一家五口相继亡于太平军占据无锡期间，这使他对这段历史有刻骨铭心之痛，其《师竹庐随笔》最后的“自述”部分述之甚详，研究这段历史者从中可见平民在战乱动荡中所遭受的巨大创痛。兹据其《自述》，略述其生平如下：

一、遭逢战乱，年幼失怙

道光二十七年(1847)四月十五日，窦镇出生于无锡城内。咸丰三年(1853)，窦镇年方七岁，开始饱受太平天国起义引发的家国之难。是年二月初，太平军占领了南京，镇江、扬州也相继失陷，难民纷纷南下。至清明节，太平军过境无锡，民众争拥出城，踩踏而死二十七人；不意又逢地震，人祸天灾，致许多无锡城内居民避居乡间。窦镇祖母率一家妇孺避居西乡太湖之滨的归山脚下，其祖父窦承焯(字

---

① 曾铨(1867—?)，字衡之，号次庵，无锡人，工书画，精汉隶，在无锡太湖等名胜多留有题联，曾在无锡国学专科学校教授国学和书法课程，1936年任上海首届中国古泉(币)学会理事委员。

俊三)则与其父亲叔父留在城内襄办团练。其父每隔数日须徒步二十多里,到乡下探望其祖母等眷属,致热邪染身,于秋间病逝,留下窦镇母亲和三子二女。此时窦镇胞兄才十三岁,其幼弟二岁,姊妹亦俱幼。此后,窦镇不仅目睹了残酷的战乱、匪患,又经历了其祖母在避乱中病故(1855),其祖父窦承焯在太平军攻陷无锡时(1860 年四月初十日),和团练兵勇数人一起被杀于连元街,尸骨无存,直到同治六年(1867)冬,窦镇才与其叔父一起在连元街上寿庵为其祖父"具衣冠招魂,葬龙山白鹤墩",他为此作有律句云:"追思往事恶氛炽,仰溯先型大节完。余寇虽平仍抱憾,遗骸难觅总殷忧。白鹤墩前一恸哭,酸风苦雨卷松楸。"同治十年(1871)八月,其祖父牌位入祀寺塘泾忠节祠。

1860 年祖父罹难时,十四岁的窦镇正随其母亲与叔父兄长等在外乡奔波,居无定所,赁居于乡野甚至河船之上。祸不单行,是年秋间,其胞兄窦维镛在船上染病而卒,年方二十岁。窦维镛幼聪慧,十六岁应县试,列名十三。短短数年,其母屡经丧乱之痛,悲伤成疾,也于同治元年(1862)四月长逝,是年窦镇十六岁。

从 1853 年至 1862 年,在战火纷飞中,窦镇从少年成长为青年。十年间,他相继失去父亲、祖母、祖父、胞兄和母亲,一家五口嫡亲相继在兵荒马乱中惨死,成了窦镇终生之痛。其母去世后,窦镇又随其叔父北上,漂泊侨寓在通州、盐城等地,他把这种离乱丧亡之痛抒发在文字中,譬如在避居盐城时,他题诗七绝一首道:

> 残书还自他乡读,皓月空从故国明。
> 太息家园遭一炬,江南况尚未休兵。

在《师竹庐随笔》中,他直指太平军为"粤匪""粤逆",甚至记下太平军士兵撕《易经》当草纸,出恭时被雷电击毙的传闻:

> 粤逆见书籍，恨如仇雠，目为妖书，必残毁而后快。甲寅夏，有一贼于汉口镇花楼空地遗矢，甫毕，忽震雷击毙之。群匪聚视，见遗矢处有《易经》数页，上多污秽，始知此贼以圣经拭秽，故神怒随之。（《师竹庐随笔》卷上“《易经》最灵”条）

江南本为富庶之地，但经此战乱，无锡“沦陷三年半有余，民之死于难者固甚多，而饿死病死者亦无数。城外之屋复城时已毁尽，城内之屋尚十之七，官兵进城火其半，仅存十之三”（《自述》）。直到同治三年（1864）春，无锡西北乡还出现“人相食”的惨况（《自述》）。

《师竹庐随笔》卷上辑录了无锡秀才李星琪的“逃难文”：

> 无锡李朗阶茂才星琪，性慷爽，尤工时文。避粤寇难，居乡，借蒙馆度日，抑郁牢骚，作《逃难文》以自遣。其文云：
>
> “挈眷而逃，不得已也。夫临难，至危者也。以至危之事迫于身，则其逃也乌容已哉？尝思水旱频仍，屡为所困，难矣而无容逃也！金陵失陷，迭受惊惶，逃矣而未为难也。独至难为大难，而逃不一。逃，则因难而姑逃，难卒未尝获免。因逃而遇难，逃亦不足为功。盖非常之难，难人即不为难毙者，未有不为逃窘。于以知难本乎天心，而逃亦特尽其人事耳。
>
> “思昔承平之世，风俗醇茂，民生敦庞，安居乐业，物阜民康，猗欤休哉，何其幸也！乃何以流极而有此难哉？常郡惊惶，而后人心不定，早已收拾行装。不几时而招募余丁，遍悬白帜，狂奔弃甲，半混红巾。县令早偷生，谁与统率民团，慎守北门之管？大营溃散以来，兵气不扬，谁复能安枕席？乃无何而残兵枭竞，烈焰通红，狂寇鸱张，前军皆墨。守备虽拼命，亦只巡防土匪，驰驱东郭之郊。当是时也，际斯境也，虽欲不逃，乌得而不逃？我辈本书生，谁惯东走西奔？自觅逃生之路，乃鸟叹焚巢而鱼贪漏网，安得不一枝聊借而姑与鸟兽同群？吾侪本寒士，业既左支右

绌，何来逃命之资？乃险如挺鹿而哀等嗷鸿。只甘与孤竹为徒，而不顾夷齐笑我。呜呼！此何时哉？此何势哉？吾重有感于闻矣。乡愚本自无情，加以时势之阽危，更为幸灾乐祸之心，所蓄而积，一旦与为习处，微特出言不逊，乘势而更踏沉船，抑且任意相凌，因事而务钻烂木。更可笑者，同是梁溪该管，动辄称为无锡人，抑何自昧本原也？浇俗之难挽也。斗室不堪容物，论价偏昂；敧器不以假人，用情何吝！假使捷音不至，在乡而偃蹇数年，保无积忧成愤，积愤成疴，致使沟壑，余生不获复睹中兴之事业也！此则吾所隐忧焉而寤寐难安者尔。儒者有何成见？一任人情之狷薄，自有虚己容人之量，以遏其萌。无如备历艰辛，不免薪水难支，背地而抚膺太息。况复萍踪无定，呼天而饮恨吞声。最可慨者，不获上国观光，自降而为村夫子，抑何所遭坎坷也！气机而或转也，拜良将以登坛，闻风瓦解；统雄师而压境，指日荡平。即使故业全荒，旋里而希图生计，或者由危而安，由安而盛，庶几景物重新，犹得复还旧日之规模也。此则吾所仰望焉，而祈祷弥殷者尔！嗟嗟！笔墨久荒，遑识文章之体；牢骚已甚，漫为游戏之文。聊活笔机，以质诸同病相怜者。”

这篇《逃难文》真实反映了太平天国期间，无锡普通民众逃难苟活、困苦备尝的状况。

同治三年(1864)夏秋之际，清廷终于肃清了江苏及浙赣皖鄂闽秦等地的太平军，十月，十八岁的窦镇随其叔父从盐城乘船经扬州沿水路南归。在出瓜州至京口期间，他口占七律一首，末联云：“瞥见前途京口到，家乡路近乐何如。”抒发自己久经战乱后，终于回到家乡的喜悦之情。

同治十二年(1873)，窦镇二十七岁，由其叔父做主，娶妻杨氏，共育有五女一子，但四女皆殇，唯二女纫兰存活。其子梁汾，娶王伯渊女。

二、科场失意，书法谋生

窦镇擅书画，二十岁起“始以教读为业”，到别人家当私塾师，并应县府试及院试。同治七年(1868)窦镇二十二岁，二月，他参加县试，正场列名第三，再经三场反复核试，除二覆列名第二外，各场均列名第一。“末覆后数日发长案，仍第一。”此时窦镇以青年才俊闻名无锡。四月他应府试，五月应察院试。本来，作为县试第一名者，青年窦镇踌躇满志于科举仕途。但天不遂人意，此后他的科举失败惨过范进。1870年二十四岁起至1891年四十五岁，二十二年间窦镇先后参加省试凡九次，皆名落孙山。这期间他除了在不同人家设馆当塾师教读别人子弟外，还在家中和别处开设多家字馆招收习字生徒，积累了一定的资产。光绪十六年(1890)，四十四岁的窦镇因累年科场失利，从此“不就教读馆，专以书法教授，连家中有字馆七处”(《自述》)。正所谓“失之东隅，收之桑榆”，窦镇科场失利，但开字馆授习书法却很成功，这表明他颇有经济之能。他的字馆多则七八处，少则五六处，晚年还有二三处，直到宣统三年(1911)，依然有生徒到他家中学习书法，字馆成了他较为稳定的经济来源。

窦镇性喜山水，故多寄情于山水游览吟咏之间，以消解累年科场失利之烦恼。这在他的《自述》中颇多记载，譬如在二十七岁赴南京应省试，考前便和友人“乘马游雨花台及莫愁湖。越一日，偕友乘马游明皇陵，地势果然雄壮”。考毕，“归舟经镇江，登岸游金山寺，复雇江船游焦山，其风景更胜金山也”。

光绪十七年(1891)，窦镇四十五岁，最后一次参加省试。这一年，他拥有七处字馆，营生无虞，他可四处出游，拜师访友。正月，他去了苏州、长洲等地，与友人品茗看戏，“游虎丘及寒山寺，盘桓四天”。七月末，他“乘省试便，偕友荡桨秦淮，并游毗庐寺”。二十余年的科场应试，窦镇青丝已成双鬓，科举对他而言，已成鸡肋，聊以抚慰他心灵的是山水友情和诗书画艺。

因了自身屡试不第的遭际，窦镇较为关注默默无闻却不乏文采的底层士人，他的《师竹庐随笔》中辑录了不少关于寒士的轶闻或诗文，譬如："怜寒士"条记载：

> 江阴有兄弟三人，皆生员也。居于乡，因欠粮殴役，县官具禀辛谦受学使，请共褫革。学使令县官速取五百金来，当为办此事。县官不解所由，亟如数送至。学使批其禀曰："欠粮，贫窘之故；因欠而殴役，穷极之故。殴一役而革三生，君非吾道中人也。"云云。盖县官乃捐班，故轻之。当传三人至，谓曰："有五百金在此，速完粮去。"

居乡秀才兄弟三人因欠粮而殴打差役，县令因此欲革职他们，如此斯文扫地的事儿被学使巧妙化解。这条笔记反映了底层寒士艰难的生存状况。

《师竹庐随笔》还记载了苏州某秀才的"村馆小赋"：

> 咸丰庚申，苏州某茂才避乱乡间，以训蒙糊口，贫苦无聊，因作村馆小赋，云："尝闻尼山授受，道冠千秋；泗水渊源，泽流百代。缅圣人于往昔，畴弗钦承；思师傅于今兹，尤宜尊重。周规折矩，不愧西席之称；厚貌深情，无失东翁之体。师无可轻可重，一体尊严；馆有在乡在城，两样供待。试且舍圜阓之族，降而论田舍之家，但识耕耘，罔知礼教。以猪圈为容身之地，寝食难安；以牛棚为课学之堂，喧哗实甚。不计束脩之淡薄，尚难按节而归清；自忘供膳之清虚，反厌更番之多事。下午之青团几个，物易饱而未必佳焉；晚间之白酒半壶，味甚淡而难云醉矣。若夫教以诗书，范以制度，不遵约束，几同脱索之牛；任其驰驱，宛类腾空之马。一首生书，告万遍而不熟；几个方字，隔一宵而辄忘。身穿败絮之衣，未免过于俭朴；头戴开花之帽，实属难以形容。语

诗书则彼诚不解，竟难辟伊心思；教经忏则我实未能，只得任他笑傲。用尽冬烘之力，俨然童子无知；聊施夏楚之功，遂谓先生过甚。知此外别无法，则不关师教之不严；究其中实在根，由不过天资之太薄。更有村中笨伯，化外顽民，锄雨晚归，乘风狂话。语近荒唐，漫自夸闻闻见见，讲古常未有之文；体非今古，只落得怪怪奇奇，问仓圣不传之字。守庚申而赴佛会，哺啜是图；择甲子而看宪书，吉凶务悉。更可笑者，欲出帖而求亲，问八字则茫然莫对；或买田而立契，计数亩则恍若无知。挺胸凸肚，语言甚属夸张；摆尾摇头，举止颇为鲁莽。胸无点墨，视先生几等长工；目不识丁，生儿辈无非俗子。手执烟筒一杆，自命风流；腹饱腐草三茎，终嫌俗气。华服鲜衣，原非己有；穿绸着绢，徒惹彼嗤。般般丑态，观者只得听我形容；语语真情，作者亦不顾他怒骂。游戏为文，工拙不计，质诸处村馆者，谅亦有同情焉。

窦镇有意识地辑录这些文章，是因为作为底层士人，他与这些寒士一样，有感同身受的人生遭际。

“寄我山房”条记载：

华素人白，吾邑之工诗词者，有《寄我山房诗词稿》行世……七律如《寄孙赋山》云：“出处途歧可奈何，分将愁思为君歌。米盐倍价文章贱，才命相妨坎壈多。欲去更虞家是累，致身难得礼为罗。从兹脱颖囊锥露，愧我蹉跎叹逝波。”《将赴馆书感》有二首，录其一：“久客似归归似客，无多生计砚为田。何堪薪桂米珠日，正在亲衰子幼年。囊罄近来持酒戒，诗穷只合废吟篇。明朝便欲辞家去，那得今宵尚稳眠。”《冬夜》云：“半卷疏帘倚石阑，霜清水远雁声酸。参差红叶随风尽，憔悴黄花共月残。病后心情终是怯，夜来天气不胜寒。江城昨日家书到，反为离愁未敢看。”《将归》云：“茫然身世费踌量，虚掷流光鬓欲苍。八口一家生计切，十年孤馆梦魂忙。酒能醉我何妨浊，诗恐惊人未敢狂。检点归装无长物，古琴长剑素书囊。”七古如《溪上有怀》云：“溪上风光三月新，桃花水发生白蘋。满川烟草碧波合，对此令人怀故人。孤琴不鸣杯不举，疏棂暮掩萧萧雨。空斋岑寂无人声，夜深独共青灯语。”

这些窦镇用心辑录存留下来的诗文，反映出他同情共鸣的身世之感。《师竹庐随笔》所辑录的这些遗闻轶事和诗词文赋，可资文史界对底层寒士文学的深入研究。

三、暮捐训导，耽于文献

光绪十八年(1892)，窦镇四十六岁。此后，窦镇绝意于科场。除了继续经营六七处字馆外，他一度将主要精力投入修建窦氏祠堂、编撰窦氏族谱、题写匾额对联、书画酬应等事务上，并一如既往地钟情于游览山水名胜。

光绪二十年(1894)，窦镇四十八岁，拥有七处字馆，他乘船到苏州藩署，出资捐了个“训导”的名分，直到1897年才被任命为僻穷之县江浦(南京西北部，与六合接壤)教谕，1900年任江浦训导，此时他已五十四岁，渐入暮年之境。

窦镇先世多擅书攻诗，家族文风颇盛，其暮年又致力于整理家族和乡邦文献，对无锡一地的文风教化颇有影响。《师竹庐随笔》卷下“茅篷庵”条记载其曾祖父赞皇公窦宏楣“喜作诗，著有《研存剩稿》，经粤匪兵燹遗失”，并录其诗歌数首。另外，“先德工吟”条记载：

余族先辈工诗者颇多，如仙谷公讳嵋，幕游东粤，大吏以精勤得治体，欲荐举，力辞而归。善诗，著有《眉山诗稿》。《和杜汉山送春韵》云：“闻道伤春杜牧之，一生惆怅落花时。枝头已缀青梅子，叶上还题红粉词。倚阁残阳人意懒，卷帘飞絮鸟声迟。年年送别成泥醉，不觉星星两鬓丝。”《福宁九日》云：“九日登临兴不穷，拈须吟过板桥东。岩名朝斗星辰近，石号绉云烟雾通。待渡舟横秋水上，倚楼人在夕阳中。归来且饮茱萸酒，莫放乡愁溷乃公。”逸轩公讳其渊，习举业，试不利，遂舍去，暇则喜为诗，著有《逸轩诗草》二卷。《游山晚归口占》云：“暮色苍然起，扁舟一叶轻。篷高风有力，日落鸟无声。素月波中印，朱霞天半横。晴山融夕照，渔火隔溪明。”《黄昏舟过北塘》云：“晚霞斜照泄晴波，缓棹偏宜载酒过。吟罢不知明月上，半塘灯火杂笙歌。”湘湑公讳廷栋，由诸生官山东兖州通判，性慷慨，有友为福建知县，亏帑被逮，因倾赀赎之归。书学苏文忠，著有《漱石草》四卷。《山左旋里，诸同寅以诗赠别，即用原韵答之》有二首：“秋风偏恨别离多，忆昨尊前共笑歌。归兴甘于醇酒下，宦情薄似淡云过。辞君此日投簪绂，访我何时到薜萝。拂袖燕台尘梦觉，应知劳逸竟如何。”“偷闲非佛亦非仙，吾爱吾庐任性天。只为避喧慵作吏，敢云高世欲归田。雨余山翠龙腰卧，火候泉声蟹眼煎。倘得羊求来往熟，酒樽棋局送流年。”《冬至前一日抵家》云：“依然山翠枕寒流，游宦三年北海留。两袖冰霜孤客泪，五湖风雪一归舟。吟残绿树携新屐，挥尽黄金剩敝裘。莫怪囊空儿女笑，故园从此伴闲鸥。”璋士公讳廷朴，道光壬午岁贡，善书工诗，其《惠山寺》诗云：“南朝梵宇灿琳琅，长史当年旧草堂。塔影凌霄山径静，松阴满地石床凉。烹泉携月坡仙迹，斜竹青莎佛院墙。闲对残僧话晴雨，不知尘世马蹄忙。”

上述四人，仙谷公窦嵋著有《眉山诗稿》，逸轩公窦其渊著有《逸轩诗草》二卷，湘湑公窦廷栋著有《漱石草》四卷，璋士公窦廷朴也善书工诗，可见窦镇其家学渊源有自。

窦镇的思想囿于儒家之训。《师竹庐随笔》多辑录忠孝节义的遗闻轶事、家训箴言等，劝人以敦善弃恶、俭素好学、慎独持德为旨归。

在“君子有四箴”条中，窦镇辑录道：

> 内不欺己，外不欺人，上不欺天，君子所以慎独。心无妄念，身无妄动，口无妄言，君子所以思诚。不愧父母，不愧兄弟，不愧妻子，君子所以宜家。不负天子，不负生民，不负所学，君子所以用世。

在“做人”一条中，窦镇说：

> 人负七尺躯，立天地间，惟做人为第一要事，亦惟做人为第一难事。知其要，固不可不求究其道；知其难，尤不可不求究其道。六经、四书、小学、近思录、性理等书，做人之道尽于是，即是而反求诸身，随时随地力行，上可以圣，次可以贤，下亦不失为好修之士矣。

窦镇对儒释道被倡为“三教同源”“混而一之”的现状表达了不满和担忧，在“儒释道”条中，他写道：

> 圣学源流，始于伏羲、神农、黄帝，而大于尧、舜，续于禹、汤、文武、周公，而传于孔子。斯时也，道无二致，人无二学，犹之一宅之内，尊卑长幼，俱一家人，何分彼此？及杨墨出而渐有僭越之志，然气焰犹未盛。及孟子没而圣学不传，寥寥数百年，此宅遂为释老二氏所窃据，后世虽有一二大儒起而争之，亦仅能自立门户，彼窃据者终不能扼其吭而蹠其脑也。自是儒释道遂分为三教。既分为三教，则亦仍其为三教可也，而忧之者偏欲混而一之，倡为三教同源之说，惑矣！降及今时，教之名愈多，而教之旨益杂矣。

清末，由于时局剧变，令窦镇忧虑的不仅仅是儒家教化的衰颓，更有一茬接着一茬惊心动魄的世乱国变。1891 年，他在《自述》中记录了是年五月初二下午，无锡“三里桥天主教堂被人烧去，各乡之堂有随而烧者”的局部冲突事件。而到 1900 年，窦镇记录下庚子事变：

是年夏，北边拳匪肇祸，及秋，各国联军入寇，皇舆西迁，京师、天津相继失守，时事大变，朝廷命庆亲王、李傅相议和，凡各国所指为罪魁者，或正法，或充军，然后开议。自秋迄春和议成，两宫回銮，赔款七百余兆，而所订条约有令人饮恨吞声、发指眥裂者，又十倍于英法之役。

然而，令窦镇“饮恨吞声、发指眦裂者”还不仅仅是庚子事变。1911 年，辛亥革命，清廷覆灭，结束了两千多年的帝制，“阳历正月一号，孙文作临时大总统。余有时至申，有时返锡，行踪无定。腊月下旬，媳妇乘车旋里，孙辈偕归。是年于两旬内弟妹相继逝，余甚伤之。然而所伤者不仅此也。自今而后，余苟延残喘，虽生犹死。噫吁嘻，天旋地转，是历境之尤奇者也”。

清廷的覆灭，令窦镇有“天旋地转”“虽生犹死”之叹。1911 年后，他在“自述”中不用民国纪年，可见他虽只是中下层儒士，却不乏浓厚的“遗民”意识，“自今而后，余苟延残喘，虽生犹死”，这印证了他以持守浓烈的儒家理念为己任。

即便如此，清末以来，窦镇还是开始了对西方世界的认知。其随笔中记有“乘球探极”“曷格司射光”“射光验货”等，表明新文明的影响正不以人的意志为转移，开始渗透到中国社会的方方面面。《师竹庐随笔》记录了一些海外轶闻，“枝指家声”条记载：

亚剌伯南境近红海，与印度海峡相通，有部落名“雅密德”，有姓“福德理”者，所生子女，手足各生六指，代代相传，每人二十四指，不与他姓为婚，必二十四指者始肯联为秦晋。每逢此等之人，不必问姓，只观其枝指，即知之矣。

又如“乘球探极”条记载：

西人盎特尔偕司脱林罢克及勿兰格尔同乘气球，往探北极。三人以为有志竟成，路中所需之物悉载入气球。计程自动身之处至北极有六百英里。既抵北极，而欲觅一可以停顿气球之地，尚有六百英里之遥。长天远阔，大非易事，幸其行时，时令甚佳，北冰洋一带终岁皆冰，而夏至以后，该处有日无夜，气球前行，虽有冰而常带日光，且不至黑夜漫漫，昏暗不辨。其气球每点钟约可行二十二英里，计于三十点钟内可至北极。然风不可恃，未必能如愿以偿。目下南风已转为西南风，大约所乘气球必在西伯利亚之东矣。北极之行全赖南风，而风转变不测，最难预定，气球又不能逆风而行，只得随其飘荡，惟有或高之，或低之，则风力稍杀，或可稍自驾驭。倘今后东西北风转变无常，恐北极永无到日。苟三人能安然无恙而归，述其所见，或有可以发明格致学问之处。至若必欲抵北极，余私度其未必能。濒行之时，谓去后将以鸽传信，迺行已一礼拜，消息杳然，三人恐未必尚生全也。

“剖脑疗疮”条记载：

美国纽约有一女名秀荪，家贫，佣为店伙，得薪水以养其寡母。忽有暗疾，求治于好意脱医生。谓之曰：“脑中有疮，须用刀剖开脑壳，取出其毒，方可保无虞。”秀荪思寡母在堂，赖其度日，倘一旦不讳，母无以生，乃听医所为，服蒙药，昏迷不省人事，医生即以破脑针破其右边脑旁一孔，取出脑旁一小骨。复另以一细针，针旁有刀可割者，由所破之孔探入，取出如豆大之脑一粒，验之，脑中果有毒疮。医生曰："尚未凝结，仅如浓浆。倘渐大渐硬即不治。目下疗治尚早，不必用刀割刮，但以温水喷灌入内，其毒悉从右边针破之孔流出，毒流尽即瘳。"须臾，秀荪果如醉方醒，启口问曰："老母何在？"而神清气爽，顿觉逾于平时，一若绝无所苦者。噫！医生果技进乎神耶？抑斯女之孝，有以感动天心也？

可见，窦镇对新生事物尤其是当时中国尚无的外科医学技术、X光照射应用于海关验货及医疗领域等新闻充满了好奇和关注。窦镇崇尚学以致用，《师竹庐随笔》也记载了传统中医名士用针技让病人起死回生等事迹，如"回生针"等条目。

作为擅长诗书画的名士，《师竹庐随笔》中记载了不少艺坛趣事。如"竹垆图"条记载：

竹垆，在听松庵，明洪武间，湖州竹工为僧性海编竹为垆，规制精密，高不盈尺，上圆下方，类道家乾坤壶。王绂为绘图赋诗，时多题咏。永乐间，垆归潘克诚，后属杨谟。成化丙申，秦夔为僧撰疏，募而复之，以贮"秋声小阁"。盛颙之从子虞，尝仿其制为之。至国初，旧垆既毁，盛制又坏，而绂图亦亡。顾贞观更制二垆，携其一至京师，而得绂图于纳兰成德所，复归于庵。乾隆间高宗南巡，赐"竹垆山房"额，命张宗苍补写一图，盖旧图凡四，而失其一也。己亥冬，知县邱涟取卷至署重装，毁于火。事闻，御笔亲仿绂画，为补首图，命皇六子及弘旿、董诰分画二、三、四图；又出内府所藏王绂"溪山渔隐图"卷偿之。及更咸丰十年之乱，垆、卷皆失。同治初，秦湘业始得御笔图，华翼纶又出所藏王绂"翠竹"卷，并付黄埠墩僧藏焉。而秦恩延亦旋得"渔隐"卷，乃并归之。余家旧藏王进士仲山先生绘竹垆图手卷，当初绘就，庋藏家中,不以示人,故吾邑人罕知有此卷耳。

一把竹垆及关于它的绘图、诗文题咏等,从明初至清朝,数百年间,关联者王绂、顾贞观、纳兰成德、乾隆及其皇六子等名流显贵,短短一则随笔,勾勒出了此湖州竹工手制工艺品的珍贵。《师竹庐随笔》中关于风雅艺趣的记载颇多,读来令人解颐。

窦镇喜欢游览江南名胜,无锡、苏州、南京、镇江、杭州、上海等处是他经常偕友探胜酬饮唱和之所,其晚年尤喜杭州,多次遍逛杭州城内外山水,"自述"中述之甚详,尤其在光绪三十年(1904)、三十一年(1905)、三十二年(1906)的自述中,他详细叙述了游览杭州城内外和浙江金华、嘉兴等地的风景名胜,今日喜欢江南山水而登高览远者,披览《师竹庐随笔》,或可随之盘桓流连于妙景胜境之中,而得一时半日之快哉!

《师竹庐随笔》共二卷,连"自述"在内,上卷170条,下卷114条,凡284条八万二千多字,所记各种遗闻轶事,足可观那个时代作为"英俊沉下僚"的下层士人的所闻、所见、所思、所感。窦镇辑录的一些中下层士人的诗文画艺,虽不见收于常见的文学史艺术史编著中,但其间不乏佳构妙章,并可见一时世风,对治史治文治艺者颇有拓展眼界之助益。

当然,《师竹庐随笔》中也收有个别今天看起来属于荒诞不经的鬼神妖异等传说,譬如"狐仙驱贼"条记载:

松郡试院有楼,非学使者至,人不敢登。咸丰庚申,贼陷郡城,群卧楼上,夜则闻战斗声,有自梦中惊起堕楼死者,贼馆煮饭皆黑如墨。每于深夜,见城上火把照耀如昼,疑官军已登城,争相逃窜,顷复寂然。群贼以终夜不得息,遂弃城去。土人云:"是狐仙所为也。"

又如“霸王显灵”条记载：

> 一士游乌江项王庙，瞻像吁嗟，惜其不得秦鹿，命殒青锋，因题诗于庙云：“楚水淋淋汉水波，楚山河属汉山河。范增有意空弹铗，项羽无谋竟受戈。子弟八千垓下散，佳人一曲帐中歌。今来欲问前朝事，遮莫将军记得么？”诗成大风，扬沙飘瓦，江涛汹涌，懔懔然有喑哑叱咤之余威。士人曰：“项将军英爽其未泯与？何遽怒也？”复吟一绝以慰之，曰：“巍巍庙貌峙江滨，大将端为血食神。尊德不须怀旧恨，汉家今已属他人。”由是风平浪息，天晶日皦如故。
>
> 有商人张宏九者，贩布芜湖，路过乌江，天起暴雨，舟冲石上破矣。水灌舟中，舟人泣呼项王求救。忽有银光如匹布，斜塞船底，水竟停涌，而人得登岸。次早视之，舱底已穿，有大白鱼以身横塞穿处，故水竟不复入。舟人举船摇舻，则洋洋然去矣。自此香火倍盛于昔时。

类似的条目，形同《聊斋志异》，可供茶余饭后谈资说笑，亦不失消遣之清趣。而事实上，窦镇记载这些鬼神怪异，还是为了宣扬他心中惩善罚恶、爱民孝亲等理念。他在“为政”条中说：“凡人涉世，才足则能达机谋，学足则能穷深远，识足则能应权变。此经邦知人论世之大要也，三者缺一，断断不能为政。”

通过《师竹庐随笔》，读者自能体会到无锡名士窦镇的才、学、识。

北京大学张剑教授长期研究并推动明清笔记等文献的整理和出版。承蒙张剑先生约请，特将窦镇的《师竹庐随笔》标点后出版，以期对研究晚清民国文史者有所裨益。疫情期间，无法外出访书，承蒙老同学浙江师范大学图书馆馆长陈玉兰教授帮助，请其馆古籍部主任孙巧云博士协助我调查整理了窦镇著述目录和馆藏情况。江苏凤凰出版社编辑樊昕先生高效的敬业精神令人感动。谨向上述诸师友的高情厚谊致以诚挚的谢意！本书标点若有不当之处，尚乞同好不吝指正。

林　怡

于福州白马河畔翠园

2020 年 9 月 23 日

序

自诸皋、夷坚有作而《搜神》志怪之书接踵而起，日标新而领异，指不胜屈。谓与世道人心有益乎？则夫诡诙靡曼之词，虽曲终奏雅，其为讽儆也几何矣。谓与世道人心无益乎？则夫微显婉辨之旨，虽事涉不经，其为彰瘅也较然矣。是知载笔以言，而取裁以义。其义而为矜奇炫博也者，言必夸诞而华缛；其义而为敦本善俗也者，言必笃雅而安和。今观窦君叔英所著《师竹庐随笔》而益信矣！

叔英幼遭乱离，长而笃学，顾不得志于名场，仅以师儒之官小试其用。洎乎垂老，又丁国变，慨身世之不偶，伤风教之日漓，思有以默挽之者，爰溯曩闻，随笔著录，厘为上下两卷。既成，征序于余。余与叔英患难同厄，亲戚相连。观其言笃雅安和，而无夸诞华缛之习，即知其义敦本善俗，而非矜奇炫博之为，以视干宝《搜神》《齐谐》志怪，固无其新异乎！而彰善瘅恶，讽一儆百，要其指归，于是乎在，则庶几上继诸皋、夷坚，成一家言，其有益于世道人心，诚非浅鲜也已。戊午夏仲希逸老人杨志濂识[①]。

---

① 戊午，即 1918 年。杨志濂（1852—1943），无锡人，字筱荔，号评莲，晚号希逸，光绪乙亥年（1875）举人，以保用同知分发浙江，任湖州、严州、宁波等地知府，进入民国后曾任职鄂豫闽赣等省，著有《寒翠居文钞》《寒翠居吟草》《寒翠居续钞》《辟疆园诗文汇钞》《中国财政史辑》《耄游吟》等。《耄游吟》自序作于戊寅年（1938）冬，时年八十七，录其抗战中颠沛流离所吟近体诗四十首，据此其生年为 1852 年。

卷　上

才德兼优

江浦刘岩，字大山，号无垢，原名枝桂，幼从其父贳酒，极敏慧，妙于音律，善绘事，尤喜弈，以善弈名。里中左某与较，弗胜，奇其才，因切责之，曰："奈何耗精力于此？而不以读书为也？"大山面发赤，若无所容，已而叹曰："余无书，奈何？"左某即以己书赠之。大山退而发愤，昼夜不倦，父禁之，则窃油置床下，俟人静，复篝灯默诵。或未即成诵，则自跪以强记。夏夜畏蚊啮，置灯帷帐中以读，而帐顶焰处成墨。弱冠游庠，康熙丙寅，贡入太学，以争伏阙上书列名事，直声震中外。相国张公素存叹曰："有才如此，竟以布褐老乎？"劝以易名应试，大山于是更今名。后登进士，入词馆，声名益炽。生平治经，于《毛诗》《春秋》家言致功最深。在翰林时，与修《朱子全书》《康熙字典》。而内行尤笃，闻继母病，驰三千里归，亲涤溺器，验差剧。与诸弟相友爱，无间言。尝作匪莪、乐孺二堂以见意。

雪夜跪庭

崔文杰，诸生，性至孝，十岁丧母，痛哭，不欲生，勺饮不入口者四日。其父强之食，始进溢米。及长，家益贫，与妻夏咽粗粝而多方乞贷，市鲜肥以奉父。每食，必侍侧，食尽则喜；否，则退而自咎。父性严急，尝雪夜自外归，索羹汤，进少迟，令文杰夫妇跽庭中。诘旦，邻叟见而讶焉，呼之起。文杰曰："不奉父命，不敢起也。"

孝子

许佾生鹏远，字岵瞻，金匮人。其先有名孝贤者，亲殁，庐墓二十八年，明万历时诏旌孝子。鹏远幼丧父，事母周，以孝闻。虑有室家累，不得一志奉母，遂终身不娶。授徒得馆谷，悉以供母，不敢一日离，起居饮食，惟恐失母欢。尝赴文社，视日景西移，即亟归。母亦以日景测之，知其必返。母老失明，手足病痹，鹏远扶掖左右，母忘其为疾也。咸丰十年四月，寇陷邑城，鹏远奉母避居太湖滨之南津。母命曰："诸子无聚处，聚则歼焉，散则或有存者。"故惟鹏远留侍母。贼至纵火，鹏远登楼，负母出奔，不得前，同焚死。后觅其尸，骸骨灰黑，犹负母不释手云。

吞发

淮安府山阳县有名诸生杨才瑰，字赋臣。甲申鼎革后，父病，为仇家所诬，以不剃发被逮。才瑰涕泣从行，伺父寝，剪其发而吞之，父得不坐。久之，得腹疾，梦神人授以方，服之而愈，人以为孝感所致。后中康熙三十年进士，擢兵部武选司主事，疏通选法，一时称便。以疾乞归，年七十七卒。

义屠

福州曹石仓先生，辞官归里，间行街巷，见一陋屋，柴门不正，柱上署桃符，云："问如何过日？但即此是天。"询之，乃屠者徐五家也。径入厅事，有二联，一云："仗义半从屠狗辈，负心多是读书人。"一云："金欲两千酬漂母，鞭需六百挞平王。"先生为之悚然。徘徊间，徐五已回，与语，甚契洽，因定交。甲申之变，徐五携只鸡斗酒，径造先生庐，见先生，惊曰："吾办此奉祭耳！何尚在也？"先生遂拜而就义焉。后数日，溪中有浮尸，著素衣冠，识者谓即徐五。相传徐五更有一联云："鼠因粮绝潜踪去，犬为家贫放胆眠。"殊有感慨。

彩　桥

明洪武中，彭友信以贡至京，遇帝微行，口占虹霓诗二句，云："谁把青红线两条，和云和雨系天腰。"命友信续之。友信应声曰："玉皇昨夜銮舆出，万里长空驾彩桥。"明日，召入朝，授北平布政司使。

启棺认母

陈标，陈泽子。泽妾李氏生标，甫五岁，为泽所遣，改适于浙。标既长，欲寻求，以父老不果。父亡，诣浙之昌化迎母，已殁十余年矣。遍访遗冢，启棺刺血验合，负以归葬，远近咸称其孝。

孝友堂

胡君恒事继母孝。尝课异母弟君实读，有过，当施夏楚，君实啮伤兄鼻。母怒，首邑宰，邑宰欲以法治。兄泣，谓弟误伤其鼻，求免罪。弟亦涕泣自悔。宰笑而释之，因额其堂曰"孝友堂"。

修甘州城

明季灾异特甚。张方伯修甘州城，得小棺五百余具，约长二尺余。启视，内敛小人，男女老少不同，而皆纱帽红袍、凤冠霞帔。其少妇皆美丽动人，去衣视之，体皆莹白可爱。

泥像垂泪

宋和州士人有杜默者，累举不成名，性英傥不羁。一日过乌江，乘醉谒项王庙，炷香拜讫，径升偶座，据神颈，拊其首而恸，大声语曰："英雄如大王而不得天下，文章如杜默而进取不得官。"语毕，又大恸，泪如迸泉。庙祝虑其获罪，强扶下，掖之出，犹回首嗟叹，不能自释。祝秉烛检视，神像亦垂泪未已。

吉 语

明太祖与徐达间行至乌江，欲买舟觇江南虚实。值岁余，呼舟人无应者。有夫妇老人载一小舟，欣然纳之，曰："天晚矣，明早当渡。"进鸡酒，具黍为食。及晨，发舟，老叟举棹，口中打号曰："圣天子六龙相助，大将军八面威风。"高皇闻此吉语，与中山蹑足相庆。登极后，访得之，无子，官其侄，并封其舟而朱之，故江中渡船谓之满江红。

还金获福

刘遵之少孤，力担负以养母。因疾就医金陵，医言此症难治。归，路拾遗金三百金，簪一枚，俟其人至，还之，疾旋愈。有夏某者，年逾五十，无子，贾于上元之迈皋桥，途中得遗金数百，咨而还其人。后继室徐氏生一子，极聪慧，计其生辰，即昔年还金之日也。

诗 谶

蒋篔字楚亭，上元人，性豪宕，好吹箫，工画梅，善诗词行草篆刻，各极其妙。足迹遍江浙。笔墨不苟作，势宦要求不得也。著有《求纯集》《翠羽山樵外集》《潇湘馆词》。客乍浦，与嘉兴沈筠、黄金台善，有《碧萝村唱和集》。晚年晨起，日必作草书一幅。一日，述梦中所吟云："菱叶参差绿满塘，侵晨罗袂怯新凉。荷花衰谢垂杨老，谁与凭栏送夕阳。"未几卒，盖诗谶也，时年七十。女䜩，亦能诗，工画兰。

治 蛟

江之北有名北城圩者，于光绪九年夏，草田中忽涌起土堆五，高者盈丈，低者数尺，形若丘垄。乡众往视，正骇异间，有人自称刘统领营中幕友，左姓，谓："入夏久雨，蛟将发矣。急以秽物压胜之，更用竹签直贯而下，患可已。"乡人如法施治，后不为患。比访营中，并无其人。其以万众生灵，不应罹此灾劫，天特遣是人以救之与？

母节子孝

侯永桧，江浦西乡人，少孤，母周苦节，永桧事母先意承志，得母欢心。母病目，医药调护，无间晨昏，十余载弗愈。母谓："瞽由命定，儿安事强与天争？"永桧闻之，益戚也。日晨起，汲井泉水噀口，以舌舐去目中翳障，逾月复明。乡里侈谈其事，咸谓"有节母，始有孝子"云。

霸王显灵

一士游乌江项王庙，瞻像吁嗟，惜其不得秦鹿，命殒青锋，因题诗于庙云："楚水淋淋汉水波，楚山河属汉山河。范增有意空弹铗，项羽无谋竟受戈。子弟八千垓下散，佳人一曲帐中歌。今来欲问前朝事，遮莫将军记得么？"诗成大风，扬沙飘瓦，江涛汹涌，懔懔然有喑哑叱咤之余威。士人曰："项将军英爽其未泯与？何遽怒也？"复吟一绝以慰之，曰："巍巍庙貌峙江滨，大将端为血食神。尊德不须怀旧恨，汉家今已属他人。"由是风平浪息，天晶日皦如故。

有商人张宏九者，贩布芜湖，路过乌江，天起暴雨，舟冲石上破矣。水灌舟中，舟人泣呼项王求救。忽有银光如匹布，斜塞船底，水竟停涌，而人得登岸。次早视之，舱底已穿，有大白鱼以身横塞穿处，故水竟不复入。舟人举船摇橹，则洋洋然去矣。自此香火倍盛于昔时。

仙人旧馆

南昌滕王阁大门有一扁云"仙人旧馆"，福州李春园太守所题。姚铁松中丞初莅任，见之，极称赏，尝向太守乞此扁，改题己名，太守不可。乃语太守曰："如不见让，须为我别撰一联。倘不佳，仍须改题也。"太守于次日即呈："我辈复登临，目极湖山千里而外；奇文共欣赏，人在水天一色之中。"联句上联用韩昌黎记语，下联用王子安序语。中丞大加击节，遂寝前说。至今太守之扁、中丞之联并存，可备滕王阁一故实矣。

惨　闻

嵇谙字历先，无锡人，浓眉丰颐，躯干伟大，性戆直。庚申四月初十清晨，粤匪将入城，整衣冠，谒家祠。越一日，有人在五里街见其半身，面目犹可识。噫！其不肯屈于贼可知矣！回忆童时所闻，因笔之以表其烈。

回生针

安徽歙县程玠，字文玉，成化甲辰进士。尝出游，遇丧车，见有血从棺中出，以指染而嗅之，叱曰："止！"其家泣，告曰："此吾妇，不幸朝瞑，君无疑。"玠笑曰："非汝所知也。"其家从其言，止榇启棺。玠以针刺胸，妇忽能言，家人悲喜，观者欢声如沸。又能造木牛流马。筑室，夜户不闭，盗不能入。临殁，尽毁其书，曰："此恐误人。"邱文庄濬为之行状，称为一代异人。所著惟《大定数》《太素脉诀》《松崖医径》行世。

又，六安州人朱升伍，字绳武，精医，有贫妇难产，死四日，舁出葬，升伍遇之途，见棺底流血，谓其夫可开棺，针之，必不死。如言，果无恙，子弟欲师其术，不肯授。

阴　德

杨宗应，农家者流。年十七，为海寇劫去。见寇掳二女子，恐为所污，匿而脱之。逾月，已亦遁归。邻人子行窃入其家，密馈之金使去，誓不告人，其人感悔，卒为良民。子某，中雍正元年举人，所以报也。

孕育奇闻

明季时，闽县有少妇，摘蔬园中，虎逾园，攫取妇淫之，妇惊怖几绝。家人共驱虎，逾时乃去。后产一虎，弃之郊外。余杭周氏与龙交，一产四蛇。苏城吴乙妻产金色鲤鱼，长四尺，投之渊。太原乐静县民李良雨，忽变为妇人，与同贾者苟合为夫妇。松江莫翁女已适人，忽化为男。又山东妇人生一儿，人身双猫首，首有角，角之颠有目，手垂过膝，兼雌雄两体。顺德县民生一女，暴长，甫月已如成人。嘉定一男子无家室，忽腹大面黄，人以为蛊。其邻夜闻呼唤声，启户视之，见生一男儿，邻人以闻于官，其人抱儿遁去。苏州城东陆太学邦杰家人妇产一肉胞而无血，破之，中裹小儿百数，皆一二寸长，能蠕蠕动。

杭州仁和县牛头堰于望云生一子，甫弥月，忽大潮涌至，于家惶惧奔逃，子随潮去。次日，赭山港王渔户获一大鱼，重百余斤，抬至彭敬全家易酒米。初破鱼肠，中一小儿端坐不动，以为神异。彭无子，遂乳哺为己子。于望云亦无子，往彭家求还，彭不允。于讼之官，府尹判："鱼腹全子，千古异事。著两家合子之。待长，两家各为娶妇。其宿于于家妇而生者，即为于孙；宿于彭家妇而生者即为彭孙。"后各生数子。

南宿州村民妇，一产七男，肤红白黑青诸色各异，以为妖，嘱人瘗之。是夜，里中有长者梦神谓曰："明日有七将军在厄，过尔门，尔当救之。"长者起，觇门外，果见有人携一筐，以衣覆其上，内有群儿啼声。问而知其故，遂如神言收养。及长，皆勇猛异常，崇祯时俱为盗首。

绝粒僵卧

顾迪斋明经，咸丰戊午避乱某地，年已六十余。贼至，其酋强之跪，不跪，戟指大骂，激之杀。不杀，幽闭暗室中，与之食，不食，绝粒僵卧。默诵少时所读书,凡十有一日,贼退,竟无恙。

名医

余在江浦时,某诸生熟本邑掌故。偶与谈医,言昔有神医丁味泉,途见舁棺,棺下流鲜血,曰:"得非孕妇乎?尚可活。"启棺,当胸针之,母苏子生。一樵子病剧,询之,失一布囊,遂中满。密投金药中,樵得金,心喜,数日痊。薛上池亦以医名,遇一少年,因谑痘神,夜辄恍惚。诊脉知有魅气,令毁庙像,夜寐始安。同时,某家女为魅所凭,授以纫针魅衣,踪所纫者,扑之血出,病霍然。又言有食牛而全家忽毙者,世医赵其玉视之,急询牛所病,以医牛法医之,全家苏。某病笃,赵探知平日嗜椒鸡,投制椒药立愈。

铁人

岳王坟在西湖苏堤北,墓门内有铁铸四像跪焉。左则秦桧及桧妻王氏,右则万俟卨、张俊,皆镌姓名于胸。次经粤寇乱,失所在。光绪初年重铸,跪如前,护以木栅,游人辄击其顶,笞其颊,或撒尿其身,或抚摩王氏两乳,洵贻辱千古矣。闻丹阳陈少阳墓,亦铸铁人,肖汪伯彦、黄潜善。嘉靖间,南安郑普过之,援笔题楹柱,其下联云"荒庭屈膝两人富贵何为二像",应笔而仆。然则愧耻之心,汪黄犹未泯耳。又张睢阳庙庭,有铁脚二,作荷兰跪状,亦铁人类也。

地雷

任随成者,济源人,素以穴煤为生,因斗殴伤人,论死,系怀庆狱。咸丰癸丑,粤贼围怀庆,三发地雷,未得入。知府余君炳焘、河内知县裘君宝镛,恐地雷之再作,求能破贼地雷法者。随成闻之,请效力,因出之狱。随成曰:"欲防地道,当于昧爽时验之。若草上无露,则下有地道,远近曲折,一目了然。"后果因此立功。

好猫竹

明季张金字德纯，吴江人，以画猫自给。人或买悬堂中，真猫见而怒，与之斗，名遂重国朝。乾隆时，安徽婺源人汪志曾，字养可，工画竹，有得其长幅悬堂上者，燕雀争来栖，纸为撞碎，真神技也。

总督自塑像

西湖花神庙，在孤山下跨虹桥之西。雍正九年，总督李敏达所建。中祀湖山之神，旁列十二月花神及四时催花使者，无不钗飞钿舞，尽态极妍而精采奕奕，尤觉动人，所以有“翠翠红红处处莺莺燕燕，风风雨雨年年暮暮朝朝”一联遍播众口。相传湖山正神即李公自塑其像，其旁列花神，皆李之姬侍，实有其人。噫！异矣！

青云得路图

张瑄号古愚，晚号安拙翁，江浦任丰乡人。生之前一夕，其母梦神，骑从鼓吹，送一儿至。幼明敏，负才志。明正统七年成进士，景泰时为吉安知府。吉俗尚巫，迎神无休日。遇诸途，投神水中，俄遘危疾。父老皆言神为祟，请复之，不许，疾亦愈。岁大饥。陈牒上官，不俟报，辄发廪振贷。永丰罗伦为诸生侍，志圣贤学，悯其贫，分俸周之。天顺中，擢广东布政使。成化八年，巡抚福建，所至多战功政绩。寻迁刑部左侍郎，久之，进尚书。每谳狱惴惴，恐人入罪。晚年致仕，居乌龙潭。生平孝友清约，居官五十年，自奉如寒士，自始仕至大司寇，每迁一阶，辄绘一图，广征名流题咏，先后凡十余帧。后其子姓合并装潢成帙，名“青云得路图”，藏之家，咸丰间寇乱乃失。

天　象

明季，德安府天雨鱼，山东雨血，光州雨绵絮。甲午九月初六日夜，一星圆大似碗，色如血，红光烛地，霎时变为五，各如碗大，俱血色，至三更复并为一，至四更复分为五，至五更总归为一，大如米篓，俱血红色。壬戌六月日正午，北有一星，明显随日而转。己卯四月，有星陨于凤翔袁画师家，不及地，旋转如冶金，良久渐高飞去，照数十里。庚辰九月之望，两日并出。

草木妖

河南草木生战斗人马披甲持茅之形。孟县民孙光显祖墓一带，有葡萄草，夏抽新条，条列万状：有美人、书生、达官者；有为龙、凤、龟、麟、雀、鱼、蛇、鼠者；有为蝉、为孔雀、鹦鹉者。皆五彩点染，奇巧生动可爱。和州芥菜结茄，汤溪李生黄瓜。明季将亡，所以多妖孽也。

羊毛疫

河北小儿见一人白而毛，逐之，入废棺中。发棺，则白毛飞满空中，俄而羊毛疫大作，渐染至江南，民相戒曰："无食茄，食茄必病。"既而验之，以手折茄，中分之，辄有羊毛。此病投以药皆死，惟刺中指节间，出紫血，去羊毛，即愈。

先生庆寿

许莲峰明经，绩学嗜古，游其门者甚众。七十诞辰，门弟子与宾筵之庆。明经曰："今须畅饮以为老人欢，寻常拇战未足乐也。请即以背诵四书为令。如有背不得者，各罚三杯。"诸生私计，为先生祝，宜有寿字。一生诵"夭寿不贰"两句，一生诵"故大德"一节，一生诵"知者乐水"一章。明经曰："某罚三杯，某罚十二杯，某罚十八杯。"众莫喻其故。明经曰："某犯一不字，某犯四得字，某犯六者字，安得不如数罚乎？"说罢掀髯大笑，四座尽欢。

逃难文

无锡李朗阶茂才星琪，性慷爽，尤工时文。避粤寇难，居乡，借蒙馆度日，抑郁牢骚，作《逃难文》以自遣。其文云：

挈眷而逃，不得已也。夫临难，至危者也。以至危之事迫于身，则其逃也乌容已哉？尝思水旱频仍，屡为所困，难矣而无容逃也！金陵失陷，迭受惊惶，逃矣而未为难也。独至难为大难，而逃不一。逃，则因难而姑逃，难卒未尝获免。因逃而遇难，逃亦不足为功。盖非常之难，难人即不为难毙者，未有不为逃窘。于以知难本乎天心，而逃亦特尽其人事耳。

思昔承平之世，风俗醇茂，民生敦庞，安居乐业，物阜民康，猗欤休哉，何其幸也！乃何以流极而有此难哉？常郡惊惶，而后人心不定，早已收拾行装。不几时而招募余丁，遍悬白帜，狂奔弃甲，半混红巾。县令早偷生，谁与统率民团，慎守北门之管？大营溃散以来，兵气不扬，谁复能安枕席？乃无何而残兵枭竞，烈焰通红，狂寇鸱张，前军皆墨。守备虽拼命，亦只巡防土匪，驰驱东郭之郊。当是时也，际斯境也，虽欲不逃，乌得而不逃？我辈本书生，谁惯东走西奔？自觅逃生之路，乃鸟叹焚巢而鱼贪漏网，安得不一枝聊借而姑与鸟兽同群？吾侪本寒士，业既左支右绌，何来逃命之资？乃险如挺鹿而哀等嗷鸿。只甘与孤竹为徒，而不顾夷齐笑我。呜呼！此何时哉？此何势哉？吾重有感于闻矣。乡愚本自无情，加以时势之阽危，更为幸灾乐祸之心，所蓄而积，一旦与为习处，微特出言不逊，乘势而更踏沉船，抑且任意相凌，因事而务钻烂木。更可笑者，同是梁溪该管，动辄称为无锡人，抑何自昧本原也？浇俗之难挽也。斗室不堪容物，论价偏昂；敝器不以假人，用情何吝！假使捷音不至，在乡而偃蹇数年，保无积忧成愤，积愤成疴，致使沟壑，余生不获复睹中兴之事业也！此则吾所隐忧焉而寤寐难安者尔。儒者有何成见？一任人情之狷薄，自有虚己容人之量，以遏其萌。无如备历艰辛，不免薪水难支，背地而抚膺太息。况复萍踪无定，呼天而饮恨吞声。

最可慨者，不获上国观光，自降而为村夫子，抑何所遭坎坷也！气机而或转也，拜良将以登坛，闻风瓦解；统雄师而压境，指日荡平。即使故业全荒，旋里而希图生计，或者由危而安，由安而盛，庶几景物重新，犹得复还旧日之规模也。此则吾所仰望焉，而祈祷弥殷者尔！嗟嗟！笔墨久荒，遑识文章之体；牢骚已甚，漫为游戏之文。聊活笔机，以质诸同病相怜者。

村馆小赋

咸丰庚申，苏州某茂才避乱乡间，以训蒙糊口，贫苦无聊，因作村馆小赋云：

尝闻尼山授受，道冠千秋；泗水渊源，泽流百代。缅圣人于往昔，畴弗钦承；思师傅于今兹，尤宜尊重。周规折矩，不愧西席之称；厚貌深情，无失东翁之体。师无可轻可重，一体尊严；馆有在乡在城，两样供待。试且舍圜圚之族，降而论田舍之家，但识耕耘，罔知礼教。以猪圈为容身之地，寝食难安；以牛棚为课学之堂，喧哗实甚。不计束脩之淡薄，尚难按节而归清；自忘供膳之清虚，反厌更番之多事。下午之青团几个，物易饱而未必佳焉；晚间之白酒半壶，味甚淡而难云醉矣。若夫教以诗书，范以制度，不遵约束，几同脱索之牛；任其驰驱，宛类腾空之马。一首生书，告万遍而不熟；几个方字，隔一宵而辄忘。身穿败絮之衣，未免过于俭朴；头戴开花之帽，实属难以形容。语诗书则彼诚不解，竟难辟伊心思；教经忏则我实未能，只得任他笑傲。用尽冬烘之力，俨然童子无知；聊施夏楚之功，遂谓先生过甚。知此外别无法，则不关师教之不严；究其中实在根，由不过天资之太薄。更有村中笨伯，化外顽民，锄雨晚归，乘风狂话。语近荒唐，漫自夸闻闻见见，讲古常未有之文；体非今古，只落得怪怪奇奇，问仓圣不传之字。守庚申而赴佛会,哺啜是图;择甲子而看宪书,吉凶务悉。更可笑者,欲出帖而求亲,问八字则茫然莫对;或买田而立契,计数亩则恍若无知。挺胸凸肚,语言甚属夸张;摆尾摇头,举止颇为鲁莽。胸无点墨,视先生几等长工;目不识丁,生儿辈无非俗子。手执烟筒一杆,自命风流;腹饱腐草三茎,终嫌俗气。华服鲜衣,原非己有;穿绸著绢,徒惹彼嗤。般般丑态,观者只得听我形容;语语真情,作者亦不顾他怒骂。游戏为文,工拙不计,质诸处村馆者,谅亦有同情焉。

工 诗

江阴某,以诗名,题《屈陶合刻集》云:"古色古香兰菊谱,亦风亦雅醉醒人。"《屐声》云:"惺忪叶碎寻秋去,三两人闲话雨来。"《橹声》云:"彭蠡晚风渔唱后,洞庭秋水雁来时。"《咏字纸笼》有"腹中自有古文章"之句。

暹罗象队

象队为暹罗独擅之长。队中有象八百头,虽形小于印度象,而强有力则过之。象之头鼻等处,皆用象皮遮护,以避炮子。

纳 凉

无锡皇甫墩邑,人称曰小金山。一日偕友泛舟蓉湖,泊寺塘泾,相与散步,登惠山石门,归舟在小金山纳凉。一友云:"温州府城外滨江,江中有小岛,即谢康乐诗之'孤屿'。屿中有江心寺,风景极似金山。又处州青田县,旧隶温州,其地有石门洞,洞口有天然石门,因名。华亭沈某题'似洞非洞,适成仙洞;无门有门,是为佛门'一联于其上,传是刘青田读书处也。"

救　荒

明评事林希元上《荒政丛言》。其言曰:“救荒有二难:用人难,审户难。有三便:极贫者便赈米,次贫者便赈钱,稍贫者便赈贷。有五急:垂死贫民急饘粥;疾病贫民急医药;病起贫民急汤水;已死者急埋瘗;遗弃小儿急收养。有三权:权借官钱以粜籴;权兴工作以助赈;权贷牛种以通变。有四禁:禁遏籴,禁抑价,禁宰牛,禁度僧。”

龙挂蛛网

睢宁大雨,河溢,五龙见云中。是日,有龙为蛛网所挂,不得脱。须臾,复有一龙纵火焚其网,乃脱。蛛死山中,丝网尚弥山谷,亦明季事。

骑　龙

殷道人不知何许人,偶来龙洞山,日与牧童嬉戏,时为人佣。值插秧农事甚急,比户求助,咸应之。次日,各田中皆有一殷道人助栽插。一日,丐稻草数十束,制为草龙,命牧童纵火焚之,众于烟雾中见道人骑龙上升。

还债猫

和州乌江县升中寺僧有负主僧金久而不偿,病且革,誓为畜产以报。既卒,主僧昼寝,梦病僧披衣蹒跚入床下,觉而异之。须臾,猫生子一,稍长,极驯扰。每客至,则欢迎走报,见非其人者,辄紧随人。有知,呼其前名,必怒噬。至主僧呼,则昂首号叫,若欲求隐其事者。众生业报非一,此猫特显者尔。

开河得物

江宁府属之江浦县,地甚卑,自朱家山一带旧河壅塞,浦邑及邻近数州县遂多水患。乾隆六十年，余族曾伯祖蕉箴公为是邑教谕，因赈荒履乡，审知被灾之故，慨然议疏浚，吁请上官与诸生王朝谟等，口讲指画，俾知开挑及筹措经费。诸法事将成，公以卓异荐入都，未几卒。浦人因公法浚之，水患息。日久，河复淤。光绪四年冬，统军吴武壮奉制府沈文肃檄，开此河。五年春兴工，至秋，极高处浚深三四丈，掘得油肆所用石碾一具、崇祯通宝钱万余枚、白瓷瓶二。是年冬，掘旧河底丈许，见砖井二，一有大石覆其上，水极清澈；一以瓦瓶实其中，不下数百，大者可容四五升，次二三升，小八九合。中贮泥水，深黑色，插花常不萎。或曰明隆庆时，曾凿四井，验试石骨，疑此即其二。八年秋，制府左文襄复大开此河，于芦席营旧河底数丈下掘得一棺木，质坚细异常，中空无物，漆色光亮，若新髹者。次年，于湾头街北掘出小桥一座，砖石完好；又天福通宝钱二千余，殆五代时物欤！

羽 化

有陈载之者，精导引术。尝挈一子出游，后壶隐中州。年近八旬，预示死期，书符四十九纸，日吞一纸，吞毕，端坐而逝，白光烛天，遗骸温软，屈曲仅尺余。其子以竹笼负之归，人传为羽化云。

龙泉庵

明邹智，四川人，年十二能文章。家贫，居龙泉庵，扫树叶焚之，读书达旦。举乡试第一，成进士。智领乡荐时，郡人集观，智马上口占云："龙泉庵内苦书生，偶窃三巴第一名。世上许多难了事，郡人何用大相惊。"《狱中写怀》诗云："人到白头终是尽，事垂青史定谁真？梦中不识身犹系，又逐东风入紫宸。"《辞朝》诗云："尽披肝胆知何日？望见衣裳只此时。但愿太平无一事，孤臣万死亦何悲。"

朝 鲜

朝鲜与辽接壤。明万历时，日本倭拥师入朝鲜，朝鲜危急，诏援之。既而尚书石星听无赖游客沈惟敬款贡之议，倭去。随复犯，乃复命都督刘綎讨之，惟敬伏诛。

木偶人

明沈炼官经历，因劾严嵩谪保安。炼在保安，尝为木偶人，一李林甫，一秦桧，一严嵩，时时发三矢射之。嵩闻大恨，后严世蕃诬杀炼。

乘球探极

西人盎特尔偕司脱林罢克及勿兰格尔同乘气球，往探北极。三人以为有志竟成，路中所需之物悉载入气球。计程自动身之处至北极有六百英里。既抵北极，而欲觅一可以停顿气球之地，尚有六百英里之遥。长天远阔，大非易事，幸其行时，时令甚佳，北冰洋一带终岁皆冰，而夏至以后，该处有日无夜，气球前行，虽有冰而常带日光，且不至黑夜漫漫，昏暗不辨。其气球每点钟约可行二十二英里，计于三十点钟内可至北极。然风不可恃，未必能如愿以偿。目下南风已转为西南风，大约所乘气球必在西伯利亚之东矣。北极之行全赖南风，而风转变不测，最难预定，气球又不能逆风而行，只得随其飘荡，惟有或高之，或低之，则风力稍杀，或可稍自驾驭。倘今后东西北风转变无常，恐北极永无到日。苟三人能安然无恙而归，述其所见，或有可以发明格致学问之处。至若必欲抵北极，余私度其未必能。濒行之时，谓去后将以鸽传信，乃行已一礼拜，消息杳然，三人恐未必尚生全也。

剖脑疗疮

美国纽约有一女名秀荪，家贫，佣为店伙，得薪水以养其寡母。忽有暗疾，求治于好意脱医生。谓之曰："脑中有疮，须用刀剖开脑壳，取出其毒，方可保无虞。"秀荪思寡母在堂，赖其度日，倘一旦不讳，母无以生，乃听医所为，服蒙药，昏迷不省人事，医生即以破脑针破其右边脑旁一孔，取出脑旁一小骨。复另以一细针，针旁有刀可割者，由所破之孔探入，取出如豆大之脑一粒，验之，脑中果有毒疮。医生曰："尚未凝结，仅如浓浆。倘渐大渐硬即不治。目下疗治尚早，不必用刀割刮，但以温水喷灌入内，其毒悉从右边针破之孔流出，毒流尽即瘳。"须臾，秀荪果如醉方醒，启口问曰："老母何在？"而神清气爽，顿觉逾于平时，一若绝无所苦者。噫！医生果技进乎神耶？抑斯女之孝，有以感动天心也？

工丹青

明中叶有仇英，字实夫，号十洲者，太仓人，移家姑苏，从吴县周臣学画，而格力不逮。特工临摹，落笔乱真，精丽艳逸，无惭古人。女号杜陵内史，能人物，有父风。同时周之冕，字服卿，长洲人，写意花鸟最有神韵，设色亦鲜雅，家蓄各种禽鸟，日审览其饮啄飞止，故动笔具有生意。

题　壁

成都武侯祠题壁一首，不知何人所作，笔意浑雄，颇有慷慨悲歌之气。其诗云："剑江春水绿沄沄，五丈原头日又曛。旧业未能归后主，大星先已落前军。南阳祠宇空秋草，西蜀关山隔暮云。正统不惭传万古，莫将成败论三分。"

司　祝

赵稹，浙之东阳人，宏治朝，由贡生司教和州，颇傲岸，负才气。时巡按御史道乌江，风浪大作，祷于项王庙，同官以司祝属之。及披读，则白版一方。稹应声琅琅，悉成韵语。毕祭而风浪顿息。其词曰："呜呼霸王，义勇奋扬。诛无道秦，报叔父梁。率三万卒，赍七日粮。沉船破釜，斩将受降。此特一战之勇，故语焉而勿详。不分羹于人父，曾释沛于咸阳。英雄心事，磊落刚方。至于亚父全身而退，虞姬受剑而亡，君臣道义，夫妇纲常。八千子弟何幸，二十八骑奚伤。大抵胜负虽卜天之兴灭，成败岂论人之短长。千载而下，视此乌江。”

窗外朗声

贾云装，吾邑名流也。夜集谈诗友人谓曰：“摩诘诗中有画，画中有诗。诗话者亦诗中有话，话中有诗也。”言未毕，忽窗外朗声曰：“诗无新意休常作，话不惊人莫浪传。”一座骇然，疑有客窃听，吟此以相嘲耳。出户寂然，惟风响檐铃，月筛花影而已。

遇飓风

乾隆甲戌岁，周文恭公煌奉命册封琉球使。舟至姑米洋，遇飓风，触礁柁折。时既昏黑，兼大雷雨，帆叶厨棚吹落殆尽。倏见海面一灯浮来，众悉呼曰：“天后遣救至矣。”须臾舟定，同舟二百余人举庆更生。舟进姑米港，公谒庙行香，撰扁联以献。

太监用事

明正德中，旧东宫太监刘瑾擅权，时有投匿名帖于丹墀者。帖言：“瑾乱政。”瑾收五品以下官三百余人，出午门，跪听处分，暴烈日中仆地死者十余人。至暮，悉械送锦衣卫追究。李东阳力言于瑾，得释戴铣等。请黜权阉，俱系狱。王守仁时官主事，疏救，廷杖五十，谪龙场驿丞。在途有人随侦，将致之死。至钱塘，守仁知不免，遂乘夜佯投江，冠履浮水上。浙司信之，家人亦成服。守仁潜附商舟，浮海至闽，入山远遁。或问之，曰：“尔有亲在，未免为累。”乃赴龙场。

破　刹

海客在京口，偕友游一破刹，因共联句。友曰：“风风雨雨送春归。”忽寺楼有人高咏云：“无雨无风春亦归。”寺本无人居，疑必仙鬼，耸听之，后赓云："蜀鸟啼残花影瘦，吴蚕食罢柘阴稀。喙边黄浅莺儿嫩，颔下红深燕子饥。独有道人归不得，杖头常挂一蓑衣。"上楼，踪迹之，积灰数寸而已。

曷格司射光

西人郎勤，以新法制成一种机器，名曰"曷格司射光"。凡人身及金类，经此机器一照，即能洞见其蕴。美国医生某，以此射光照一病人疮管，并用照相镜摄留一影。当照相时，病者之旁偶有一石，迨照毕，晒上纸片以察疮管之病，则见身旁之石中现斑点，遂察出石内有金。乃知此射光非特能照人身无微不见，且可以察石中之蕴。医生今得此法于无意之中，自是而后，凡地学家、金石家皆可持此以考察各种矿产矣。

射光验货

近日，法国税关试用曷格司射光以验货物行李，其中所藏纤细靡遗，而偷漏私运者无从作弊矣。当试用此射光时，围而观者甚众，见其器如一小千里镜，以铀盐之类揸擦其玻璃，然后用以照物。照时见有一盒，上标一签曰："瓷器以此照之。"中现蛋形瓷盆一。又有一包，标其签曰："鞋复以照之。"见内有女鞋一对，旁有圆球二。讶之，启其包，则杏子二枚。观者咸啧啧称奇，且皆称便不置云。

淡　妆

袁简斋太史之妹，适盐商家，喜淡妆。太史以诗嘲之云："淡罗衫子淡罗裙，淡扫蛾眉淡点唇。可惜一身都是淡，如何嫁与卖盐人。"

短衣秀才

昆山葛茂才邦楷，道光中侨居浦口，貌古朴，冬夏常戴一毡笠，短衣至骭，口操北音，声如洪钟。少读书勤敏，及长，随其父宦游秦晋间，纵览黄河太华诸胜，学益进，凡天文律算壬奇刀剑诸法，靡不通晓。作字喜用鸡毫笔，楷法逼真鲁公，行草出入二王，钟鼎篆隶俱臻高古。性不饮而喜与酒人遇，诗文多豪宕气，人争延为弟子师，馆谷外不妄取一钱，著有《十三研斋集》。咸丰八年，避乱清江，病卒，年七十三。金明经有《怀旧》七律二首，其一云："古心古貌古衣冠，交结忘年契古欢。烈士性情长孺戆，诗人骨相孟郊寒。苏门未遂归身计，华岳曾经洗眼看。差幸勾吴遇公子，一枝聊寄说粗安。"

面 麻

古无出痘之说。史传备载人体貌，独无言面麻者。自唐会昌中，泉州陈黯，十三岁自咏《痘花》诗，云："玳瑁应难比，斑犀定不加。天嫌未端正，满面与装花。"诗载《文苑英华》，此痘事之始见于书者。今则为寰区通病矣。

立秋桐叶

吴郡吴蒙，字正公，以诸生通于医。有一妇人难产，蒙往视之。是日立秋，阶前忽堕桐叶一瓣，蒙曰："此叶应秋气而落，可煎汤服之。"汤下立产，其思致灵妙如此。

佳 句

程韵篁，性慷爽，善吟咏。一日，晓启西窗，望远口占，云："山溃露华烟带白，枫酣霜色树拵红。"其《咏怀》云："青山只恨无知己，白雪何尝不媚人。"《蜡烛》云："若嫌话短更还短，只为心多泪愈多。"《江行》云："潮落船耕地，江清人上天。"又有诗云："种树溪水边，水清见树影。鸟巢溪水中，鱼戏树之顶。鱼鸟不相涉，毋乃是幻境。"其出笔洵非凡品。

旅馆题壁

岁辛未仲夏月，外舅杨子承先生赴春明试归，述及青冀道中旅馆题壁诗词，颇有佳者，并手录数首以示。丹徒小莲氏《雪后由齐河入山放歌》云："客梦惊破晨鸡鸣，春风吹送行人行。拥被登车神倘恍，耳边但觉轮蹄响。积雪深三尺，征途不复辨。凹凸少时旭，日升辙迹见。仿佛驭者尽力事驱策，碎踏冰花路弗择。一程复一程，倏过齐河城。再行四十里，乱石列嶙峋。双轮荦确非前比，舆夫告我入山矣。攲侧势同箕簸谷，陡觉心头撞小鹿。两骖不胜苦，脊背汗流雨。蹄铁画石石火出，叱咤未许留余力。上山之力争毫厘，下山略可容喘息。人生历尽行路难，得失庸足关悲欢。休道入山恶，终有出山乐。我生不惮履艰危，但求后路多平夷。村醪莫厌薄，卧向车中酌。拍手大笑呼山灵，群峰响应如声诺。千杯万杯杯不停，竟日瞢腾儿醉醒。会须洗我白眼白，一路饱看青山青。"

又白下柳眉女史题壁七绝二首，云："飘零薄命恨缘悭，旅馆凄清百不堪。每忆故乡诸姊妹，一灯飞梦到江南。""铅华不御鬓蓬松，消瘦形骸镜影中。绿遍垂杨青遍草，教人一路怨东风。"

又楚南果仙氏题壁二绝云："征轺辘辘久冲寒，局促轮蹄困不堪。到处飞鸿留指爪，南人北去北人南。""莺歌燕语听从头，羡煞卢家有莫愁。杜牧风流愧巾帼，尚将春梦说扬州。"某女史和韵云："曾闻北地十分寒，深恐孱躯去未堪。夫婿有言频慰藉，宣南风景似江南。""征途见雁屡回头，寄语高堂莫漫愁。别后舟车无恙也，儿于重九到沂州。"

有无名氏《调寄苏幕遮》题于壁云："月儿高，灯影媚，悄背兰釭，双鬓颓云坠。私语喁喁呼小字，促卸残妆，听落钗声腻。　漆投胶，盐着水，侬我欢卿，不尽绸缪意。赠与定情金盒子，握手匆匆，正月波窗渍。"某依韵和之云："困添愁，慵益媚，水阁风回，絮影侵帘坠。爱听鹦哥呼小字，笑托纱棂，露指痕红腻。　槛凝烟，屏折水，一寸柔情，百丈缠绵意。喜报银釭红结子。私语凭肩，见唾茸新渍。”

书法约言

学书之法，在乎一心。心能转腕，手能转笔。大要执笔欲紧，运笔欲活。手不主运而以腕运，腕虽主运而以心运。右军曰“意在笔先”，此法言也。古人下笔有由，从不虚发。今人任笔为体，恣意挥运，以少知而自炫新奇，以意足而不顾颠错，究于古人妙境，茫无体认，又安望其升晋魏之堂乎？凡运笔有起止，有缓（会心）急（取势），有映带（连脉络），有回环（无往不收），有轻重（转肩过渡用轻，画捺蹲驻用重），有转折，有虚实，有偏正，有藏锋（以包其气），有露锋（以纵其神）。即无笔时亦可空手作握笔法，书空演习，久之自熟。虽行卧，皆可以意为之，自此用力到沉着痛快处，方能取古人之神。若一味仿摹古法，又觉刻画太甚，必须脱去摹拟，蹊径自出，机轴渐老渐熟，乃造平淡，遂使古法优游笔端，然后传神。传神者，必以形，形与心手相凑而相忘，神之所托也。

握运不苟

执笔有法，运笔得宜。真书握法，近笔头一寸；行书宽纵，执宜稍远，可离二寸；草书流逸，执宜更远，可离三寸。藏锋之法，全在握笔勿深。深者，掌实之谓也。譬如足踏马镫，浅则易于出入，执笔亦如之。楷法如快马斫阵，不可令滞。草如惊蛇入草，飞鸟出林，来不可止，去不可遏。

绮塍街

绮塍街，元明之间最繁盛，夹路乔木古藤，飞楼连阁。浦长源诗所谓“出郭楼台三四里，游人不得见山容”也。又谣云：“惠山街，五里长。踏花归，鞋底香。”今皆无之。

裙屐少年

吴下园亭最胜：如齐门之吴氏拙政园，阊门之刘氏寒碧庄，葑门之瞿氏网师园，娄门之黄氏五松园。其尤著者，每春秋佳日，辄开园纵人游观，钗扇如云，蝶围蜂绕，裙屐年少，恣其评骘于衣香人影之间，了不为忤，金阊名姬，反以此增声价焉。

节　用

贫家用财固宜以节，处丰境亦当准入量出。一日多费十钱，百日即多费千钱。富家儿坐拥巨赀，不久散尽为窭人，皆由不知节用而致也。至若近日，丧家恶习，绸衾响殓，及大修佛事，尤为妄费。

产　蛇

安徽潜山人柳周南善针法，有妇人腹蛊垂死，周南诊曰："此蛇症也。"针之，产蛇长尺许而愈。

奸民通匪

奸民姜方怀，暗通镇江贼酋吴孝如，在小茅山等处煽惑居民，聚千余人，待时作乱。镇城外和春营获奸细，讯出约期在常州城鼓楼放火，俟官出救，戕官据城，镇城派贼抄小路接应，各情飞咨。常州郡绅汪本铨，密遣心腹诈称送信者，获得党羽二十余人，交阳湖令贾益谦讯办，择其年少者，讯出实供，已有党羽扮三教九流混入城中等语。官绅严防，随请两江总督怡良拨福宁炮队五百名环护，将已获者骈斩于市，后续获数起，亦斩之。咸丰五年事也。

玻璃罩

咸丰六年，广东私盐船用外国旗号，粤督叶名琛办理不善。明年冬，英法两国攻陷广州，叶制军被掳至印度，令穿公服，红顶花翎，外用玻璃罩，沿途敛钱，至九年三月死于西夷。

八阵图

咸丰七八年间，江阴奸民谋叛。有某孝廉子，精于奇门，能演八阵图，以禽兽试之，辄验，遂与同学数人谋不轨。尝聚于北门外君山，距城不过五里，从者渐众，在常阴沙暗招千数百人，其父兄不知也。迨军械伪制，一切部署，祭旗有日，旗被雷劫，始散。

江浦灾异

光绪七年四月，有鼠数万，自浦口南城一带墙罅中出，即死。鼠首圆齿黄尾短。五月，大雷雨，龙见，民庐摄入云际，床榻农具腾空飞舞。十二年十二月，大雪旬日，除夕尤甚，平地深六尺余，屋多压覆。乡民入城市物及店伙索欠归，有埋陷于途者，逾数日，踪迹得之，辄僵立冻冰中，目珠为鸟啄去，钱物尚存。

绝命诗

荆溪欧阳晋，字可伯，九岁为诗，即能仿李青莲歌行。逮长，俶傥有大志。咸丰初，署江宁府教授。癸丑春，粤逆陷金陵，可伯列帛书绝命诗，自经死。仆某毁垣覆其尸，怀帛脱归。诗曰："苜蓿何堪抵蕨薇，居然全受亦全归。十年养就干霄气，化作忠魂一缕飞。"同治初，其同邑朱大澂司教江宁，为立衣冠墓于雨花台。

异姓乱宗

立继须择同宗之人，一脉感通，方能格享。同姓不宗，已难续祀，何况异姓？《风俗通》载：周翁仲妻产女，会屠者产男，密以钱易之。后翁仲使能见鬼者与儿同祭先茔，但见屠者持刀割肉，别有人带青绶彷徨不进，妻具陈其事。翁仲曰："子以承祀先祖，不享何用？"遂送还屠家。纪晓岚先生《槐西集》志有视鬼者，曰："人家继子，凡异姓者，虽女之子，妻之侄，祭时皆所生来享，所后者弗来也。凡同族者，虽五服之外，祭时皆所后来享，所生者虽亦来，而配食于侧，弗敢先也。惟于某抱养张某子，祭时乃所后来享，后询知其数世前，于氏妇怀孕嫁张生，是子之祖也。录萧山汪龙庄先生《庸训》。

八老诗

吾邑王杏春明经礼甲，长不满五尺，性聪慧，滑稽多辨，有淳于髡之风。为诸生时，岁科试辄前列，道光乙未恩贡。尤擅长诗赋，有《八老诗》极佳，至今脍炙人口。《老儒》云："一卷残书伴蠹虫，黄花岁岁怨秋风。少年不愧真名士，后辈几疑亡是公。白发无情催老大，青云有路让儿童。壮心不与吟灯冷，尚向词坛气吐虹。"《老将》云："百战归来始息肩，湖山无恙伴余年。剑唇已冷狼河血，盾鼻曾飞雁塞笺。万里功名收绝域，几人姓氏画凌烟。酒阑犹作沙场梦，不许楼兰竟入边。"《老吏》云："白首依然任指挥，掀髯闲说使君才。几人舞墨空花过，九月催租落叶飞。断案久推条例熟，同堂渐觉故交稀。残年倦听官衙鼓，无复扬鞭假虎威。"《老贾》云："廿载江湖一霎过，从前岁月别离多。四弦空诉秋风客，万贯真成春梦婆。世路几番更俗尚，故人谁复共烟波。酒酣重说扬州事，手散黄金买艳歌。"《老农》云："绿阴如梦一鸠啼，藤杖拖烟过隔溪。秋月羔羊方介寿，春风儿女又扶犁。野花篱落延邻话，瘦竹墙边有稚携。忙日还矜腰脚健，自将午馌饷长堤。"《老僧》云："断塔寒钟订旧盟，红尘小劫者番更。情如出岫云心懒，瘦与空山石骨争。一座雨花驯鹤伴，十年面壁静鱼声。蒲团七个年来破，行脚因缘付后生。"《老伶》云："词坛第一久争观，老去秋心酒样酸。纤指谁怜吹玉笛，折腰无复舞金盘。生平面目何堪忆，流落琵琶不忍弹。唱到龟年断肠句，飘零怕说旧衣冠。"《老仆》云："扫叶煎茶久不嫌，萧萧白发奈频添。残肴自耐餐松韭，托第人嗤误米盐。报主情深犹恋栈，服老力短敢趋炎。玉川老婢今无齿，共向书筒作典签。"

忠魂不泯

咸丰时粤匪陷南京，上元知县刘同缨厉声骂贼，并诫其勿伤百姓，群逆怒，缚树上，攒射之，更毁其肢体。阅三日，有夜行者见榛莽中白光上腾，谛视，见一腿犹著靴，光自靴中出，探得一手折，条陈六事，结衔上元县刘某，知为刘令遗骸，觅小木匣子，裹以布，潜埋清凉山麓。后其地夜辄有光，潜埋者过墓而祝曰："光芒万丈，忠魂结而不散也。然恐贼人惊异寻掘，不如韬晦为佳。"祝毕，光顿灭。

又，粤匪陷湖北德安府署，安陆万知县拔刀指贼大骂，且斫之。群贼攒刺，身无完肤。更剖腹，实爆竹于中，聚火轰焚皮骨，燔灼殆尽。一月后，匪类他窜，民悯其死，寻得残骸零骨，泣而瘗之。旋示梦于邑徐某，通身作金色，谓所检骨非是，幸弃之。次日，纠集绅民开视诸骨，皆金色，惟髑髅一具髀骨一片焦黑不类，因剔出，改葬于汉黄香墓侧，盖生时谒香墓，欷歔流涕，愿他日葬此，从其志也。

又，武昌被围半年，粮尽援绝。粮道李卿穀约候补俞知县，同缢于寓馆之后楼，从死有属官数员、仆从二三人。逆酋踞其室，每欲登楼，必有异香袭人，顷刻头痛欲裂，遂封闭之。李道长子孟群，自粤带勇由湘南剿贼至湖北，越两月余，克服省城，匍匐以寻父尸。至寓楼，见白骨纷布，独其父尸面色如生，丝毫无损，泣血殡之。贼氛所至，异闻实繁，此则共知共见者。

妓女就义

秦淮利涉桥北，有妓女王氏，为粤匪所逼，佯作欢笑，醉以酒，抽刀杀之，而雉经于后楼。逆氛所扰，有胆识妇女杀贼者必多，此一青楼之女，能以计毙贼，从容就义，尤足嘉矣。

当爱名

汪龙庄云："贤圣为学，以实不以名。"然君子疾没世而名不称焉，实至名归，亦学者所尚。谓名不足爱，将肆行无忌，故三代下患无好名之士。好孝名，断不敢有不孝之心；好忠名，断不敢为不忠之事。始于勉强，驯致自然，第务虚名而不敦实行，斯名败而诟讪随之。

德政堪钦

范文肃公文程，宋忠宣公裔，国初仗剑谒军门，太祖曰："名臣后，宜厚待。"遵化四城之役，公守滦州，独阖郡保全。大兵入关，公参帷幄，劝睿忠王秋毫无犯。为明帝发丧，并护送倪文贞公灵柩南归，儿忠义者皆褒奖之。初定赋税，有司欲效明末敛饷诸政，公曰："明由酷苛小民，激成流寇，岂可复蹈其误！"因以万历中征册为准，岁减数百万两，民赖以苏。

遇横逆当耐

凶狠狂悖之徒，或事不干己，无故侵陵；或受人唆使，借端扰诈。孟子所谓"横逆"也。此等人廉耻不知，性命不惜，稍不耐性，构成衅端，悔无及矣。须于最难忍处勉强承受，则天下无不可处之境。昔长洲有丁氏无赖子，负吴氏钱，虑其索也，会妇病剧，负以图赖。吴氏子斥其无良，吴氏妇好语慰之，出私橐赠丁妇。丁妇属夫急归，遂卒于家。耐性若吴氏妇，其知道乎！节录《汪氏教子孙语》。

王三麻子

咸丰癸丑，镇江失守。时贾人周姓自城中逸出，遇大队贼至，匿于积尸下。马蹄声渐远，欲起视，复闻有呵声至，伏不敢动。俄有人曳其发起，见尊官著古衣冠，熟视之，曰："此应死龙王庙前王三麻子手者。"释之而去，知为神，惧甚，乘夜急行，欲避赴江北。循江七八里得一渔舟，亟登之。有一家五六人先在焉，以无川资，舟子逐之，涕泣哀求，卒不允。怜之，探怀中有十余金，尽以畀舟子。时风浪正狂，不得解缆。迨次日，风逾紧，舟子强欲挂帆，周素怯，不敢渡，跃身上岸，此船即乘风而去，瞬见达彼岸，复大悔，因念死已前定，径趋龙王庙前坐以待毙。日晡时，大队络绎过，皆未顾问。尾一骑贼，持长矛直刺其喉，周亟呼“王三麻子”。骑马者抽矛，诘以何处相识，乃述神语。贼云：“死，妖何能知？偏将释汝。”告以欲逃无资，不如请死。贼取一纸，裹掷与之，扬鞭径去。解视，则黄金二十余两，乃觅船赴仙女庙。缅述始末，扬州人皆知之。夫匪类侮慢神语，故欲悖之，孰知为若人一念之善所致耶？

巨蛇

昔粤匪据镇江时，金山有大蛇，长约数十丈，窟其中，屡出伤人。一日垂首饮于江，其巨如瓮，尾仍在洞中。群匪乘其首尾不能相顾，攒击而屠之，分于各馆，人各得二寸余。

杨妃墓

马嵬在今之兴平县西南十二里。时毕秋帆开府关中，曾为杨妃修墓，墓旁筑屋三楹，室中悬一匾曰“断云夕照”，并有柱铭一联，集唐句云：“莺花尚恋霓裳影，环佩空归月下魂。”

教子就材质

子弟材质断难一致，当就其可造，委曲诲成，勿责以所难。昔宋胡安国少时，桀骜不可制，其父锁之空室，室中有小木数百段，安国尽取刻为人形，父乃置书万卷其中，卒为大儒。录《龙庄庸训》。

吴楚兵灾

道光时，荆溪有傅清字晓湖者，精天文易数，尝谓人曰：“吴楚当有兵灾。”人嗤其妄。岁壬寅，海疆不靖，或问曰：“汝所云得毋是乎？”曰：“未也。十数年后当知之。”及粤逆陷金陵，言始验。

赠　诗

丙辰春，余年七十，华西洲茂才作七律八首以赠，云："轮奂弧堂正落成，铜龙铁凤妙经营（四月望日公诞辰，新居适落成）。燕山绳武家风旧，鲁殿灵光耆宿明。庭茁桂兰凝瑞霭，筵开樱笋祝长生。庞眉皓首来商岭，杖国横拖绿玉行。""椿树森森蔗境深，老人百事果从心。华筵今日称梁案，子舍当年赞宓琴。招客围棋闲倚石，课孙经训胜遗金。此中便是神仙窟，何必桃源世外寻。""遁世还将名氏逃，儒林夙仰斗山高。玄亭问字纷轮轨，绛幄谈经植李桃。铎振声灵江浦远，粟颁仁泽鄂州遥。年来桑梓关怀甚，保障城垣独任劳。""诗中之伯酒中仙，三绝郑虔媲昔贤。笔底龙蛇挥醉墨，樽前风月寄吟笺。当窗临帖终耽古，闭户著书不计年。偶事丹青聊遣兴，洛阳纸贵一时传。""棕鞋桐帽爱清游，丘壑万千胸次留。明圣湖边浮雀舫，严陵滩畔觅羊裘。冲寒遍踏九峰雪，携酒长吟五泄秋。乐水乐山征乐寿，何须导引说真修。""苍璧明珠稀世珍，完修从见性情真。绿天庵里五量佛，丹桂香中自在身。竹箭写成千个字，芙蓉采得一湖春。超然利锁名缰外，潇洒风流更出尘。""忠厚堪征福寿长，束身圭璧式榆乡。零金碎玉珍先泽，潜德幽光表国殇。矍铄精神酬笔墨，艰难时局慨沧桑。清风亮节从今见，薇蕨还思采首阳。""铸买黄金绣买丝，风流儒雅是吾师。忘年结契惭张镃，恩感殷勤说项斯。红藕邀观三伏日（泛舟铁路桥观荷，蒙邀偕往），彩毫雪和九春词。而今还祝先生寿，聊贡诗篇覆酒卮。"

寒地变暖

国初宁古塔极寒。三春昼夜风霾蔽天，七月有白鹅下池，不能飞起，数日霜降，八月大雪，九月河冻，十月地裂。暮春冰始解，草木犹未萌芽。夏则有哈汤之险，泥淖数百里，人依草墩而行，稍倾侧，人马俱陷，故商贾裹足。近年汉人日众，气渐和暖，淖上横布树木，岁时修理，商旅云集，百货骈阗，迥异曩昔矣。（按，宁古塔近鸭绿江。）

名　妓

浙江石门名妓韵青，性聪慧，工诗词，吟咏外无嗜好，终日手不释卷。槜李谈孝廉以县令之任湖北，钱太史新甫、薛太守凤喈祖饯志别，招韵青侑酒，当筵各赋诗。韵青口占七律一首，末二句云："劝君更尽一杯酒，多种甘棠少种花。"寓意婉妙，娓娓动人。闻姬诗稿有数卷，惜仅见此一斑也。

徒手搏虎

宜兴有沈江者，居周孝侯庙侧，入庙必致敬，见神像剥落，谨让之。一夕，梦神令张口，嘘气与之，寤而筋力异常，能徒手搏虎。尝运粮至京师，中途与漕卒争道，攒殴之。江持桅杆一挥，数十人皆坠水，众莫敢近。居家犁田，日可五亩。

不埋名

云间许幻园题某烈妇诗，有句云："留得一编青史在，千秋埋骨不埋名。"凡人不论贫富，事不论大小，必留些事迹使后人记念，此谓"不朽"。古来女子留名者甚多，为男子大丈夫者，何勿三思之耶？

步月奇遇

丁生，忘其名，年少姿美。中秋前一夜，路经黉宫前，漏已三下，见一女郎随一婢，生尾之。女顾谓婢曰："得毋为丁氏外兄乎？"生趋揖，语甚洽，因款生归。生疑此处巨室屈指可数，从未知为谁氏女。诘，女笑而不答，拉登楼，凭窗玩月。女曰："郎君读书，亦解吟否？良辰良会，不可无纪也。"因吟曰："楼高秋迥夜光阑，檐铁吟风响珮环。斜卷竹帘西向立，凭肩看煞月中山。"促录和。生思窘涩。女笑曰："窗下咿唔，无非笨钵，可慨也。"闻鸡鸣，女曰："再烦录一诗。"又吟曰："一片团团月，衔山月痕缺。山形九曲龙，一珠嵌龙脊。"录毕，女忽不见，乃知在尊经阁上。顷官吏拈香启钥，生犹握秃笔一枝，二诗在纸背。

婢重廉耻

婢亦室女，特其父母贫窭，及幼失所亲，不得自居于室耳。他日或为人妾，或为人妇，总望其有所成就。当于驱使之中，教以闺房之义，事之近于亵者语之，近于狎者无使见闻。俾知爱惜廉耻，自无荡检逾闲之虑，亦惜福之一端也。录《龙庄居士庸训》。

广文喜吟

通州张子仙广文，年逾古稀，诗兴甚豪。《初秋遣兴》句云："午倦梦酣团扇落，雨余潮打暮钟寒。"《客中除夕》句云："祭诗输岛佛媚灶。"《薄王孙》又有"遍地烟花香似海，万家儿女梦都痴"之句，亦佳妙。

丐者卖诗文

国初时，有丐者，余杭人，携纸笔在吾邑凤凰桥出卖诗文，破衣败履而神色迥异。有一人向其买诗，以"凤凰桥"为题，即限题字。丐者书绝句一首，云："也不飞来也不啼，让他野鹜与山鸡。自从五色填成后，要待才人彩笔题。"适有童携豆腐一筐过，以"豆腐"为题，限"斑"字，即书云："可知佳种在南山，煮即燃萁任世间。磨已去磷缁不涅，麻姑长爪莫成斑。"又以"老少年一枝"买，咏书曰："霜前雪后见丰姿，小圃秋容又一时。似尔无情能不老，阿侬怎免鬓边丝。"突有二人破围入曰："此辈无耻，既有薄才，何必街头丐食？"丐者慨然曰："纨绔不饿死，儒冠多误身。若辈将来似我，并无诗可卖也！"卷纸笔去。

积善神佑

咸丰间，粤逆陷杭州，入一大姓宅，眷属藏复壁中。正欲搜劫，忽空际沙土雨落不止，贼骇退，获免。此与宋建炎初，倪氏女撒沙退敌事相类。积善家，神佑之欤！又金陵诸女馆，秋间每夜有神人示梦，指途令归，女伴相告，所梦悉同，讶尔志之。越旬，余贼驱妇女出城割稻，女伴遵梦中所指之途而行，相率逃归。

《易经》最灵

粤逆见书籍，恨如仇雠，目为妖书，必残毁而后快。甲寅夏，有一贼于汉口镇花楼空地遗矢，甫毕，忽震雷击毙之。群匪聚视，见遗矢处有《易经》数页，上多污秽，始知此贼以圣经拭秽，故神怒随之。

闺秀诗

闺秀某有殊色，工吟咏，某茂才欲娶之，不果。后适一守钱虏。其《感怀》诗云："柔情慧质本天成，嫁与王郎百不能。月下挥弦空自解，花前得句与谁评。锦衾总是无情物，罗袂常看有泪痕。纵使黄金堪作屋，不如贫贱一书生。"

又马香田有《眉痕诗草》，《惜春》云："东风一夜剪红绡，深院谁人唱绿腰。二十四番花信里，教人一度一魂消。"《题贞孝女唐素画卷》云："久识山中处女贤，蓬庐过访到今年。一床絮被浑身布，都是三春卖画钱。""古今节孝亦陈陈，岂独宣州葛妙真。他日香花桥畔石，阿侬也是勒名人。"其夫叶云没后，多凄婉之作，《感怀》云："今夜名花总觉空，和云冷落五更风。侍儿不省愁多少，尚说年时烛影红。"

有女子婉娥、玉娥姊妹，同题诗北固山壁。婉诗云："浩荡江流接大荒，烟光树色雨苍苍。六朝旧恨西风冷，剩有娥眉吊夕阳。"玉诗云："恨石沉泥马迹销，孙刘事业付江潮。闺中不管闲兴废，杯酒遥酬大小乔。"

江阴闺秀曹纫兰，年十四，登兴国寺塔，诗中二句云："江山全入目，城郭半围腰。"后适一贫士，《除夕》云："亲朋索债盈门第，儿女争衣拥灶头。鼠因粟尽伤心去，犬为家贫放胆眠。"诗亦穷而愈工耶。

绍兴闺秀王梅卿，《扬州春雨》云："底事芳魂恰易销，珠帘不卷雨潇潇。碧迷眉黛初三月，红洗桃花廿四桥。好梦惊回骑鹤客，春寒吹入卖饧萧。光阴黯黯愁孤负，湖上迟依泛画桡。"将归，吴门留别，佩香夫人有"春亦如人留不住，好花开遍是将离。笑我迟来偏早去，别君难更别扬州"等句。

高子水居

高公止水，在城南隅水缺巷，明高忠宪攀龙第后池也。忠宪被逮，不辱，自沉于此，以死后地归他姓。康熙初，其从子世泰赎还，置祠其上，名"止水"。又"水居"，在五里湖滨，亦忠宪筑。自行人抗疏，贬揭阳典史，归，栖迟于此者垂三十年，自言："几席湖山，衣被风月，饮食图史，皆此地也。"其右曰"可楼"，前曰"月陂"，后浸废。雍正时，华希闵偕高子从孙愈巙辈修之。嘉庆八年，秦瀛又修之，有记。至道光季年，其地已荡为荒烟蔓草。咸丰丙辰，先大父俊三公偕同志集赀修葺，焕然一新，杨廷锡作序，秦赓彤撰记。杨序云："中丞邹公奉讳归，秦君韦轩商诸邹公，公首为倡应，乃不数年，邹公殉节金陵，事遂辍。岁丙辰，秦君复请于窦君俊三，爰于是年择吉兴工，不久而工告成。"秦记云："是役经始于咸丰六年二月，落成于七年某月，凡费若干缗。其董斯役而筹款充费者，窦君承焯之力为多。"咸丰十年毁。光绪癸巳，许君静山、裘君葆良，倡议修复。同志数人，共襄厥功，庀材纠庸，克期蒇工。于是先贤读书静坐之地，后学复得瞻仰矣。

刘铁云跋曹全碑

曹全碑，万历初出土，不久即断。未断拓本，海内罕见。予所知者，仅铜梁王孝禹观察一本耳。断后"咸曰君哉"，"曰"字先泐作

“白”。次则“悉以薄官”，“愁”字泐。再次“乾”字穿、“乾”字未穿。予藏三本之多，“悉”字不泐，仅得此本，能不宝诸。（按此本末行有“中平二年十月丙辰造”九字，在极鼎足之下。）

工吟咏

吴松崖善画梅，长小草，尤工诗，集中佳句甚多。《甘露寺》云：“断崖苍藓路，画意有无间。薄暮客停棹，乱云僧闭关。鸥心四时静，草色六朝闲。谁与话招隐，沿江渔父还。”《宿灵岩》云：“古寺秋从黄叶老，隔溪人带断霞来。山塘云柳外飞花，轻似梦乱随红雨。”《过长亭咏春雨楼》有“绿云都化水，红雨欲遮楼”之句。同时有周抡仙者，性朴直，工诗，其稿中如“乱蝉兼落木，一路送斜阳”“名山多近水，好鸟不离花”“上水船盘天际路，入山人踏鸟边云”等句，亦佳妙。

竹垆图

竹垆，在听松庵，明洪武间，湖州竹工为僧性海编竹为垆，规制精密，高不盈尺，上圆下方，类道家乾坤壶。王绂为绘图赋诗，时多题咏。永乐间，垆归潘克诚，后属杨谟。成化丙申，秦夔为僧撰疏，募而复之，以贮“秋声小阁”。盛颙之从子虞，尝仿其制为之。至国初，旧垆既毁，盛制又坏，而绂图亦亡。顾贞观更制二垆，携其一至京师，而得绂图于纳兰成德所，复归于庵。乾隆间高宗南巡，赐“竹垆山房”额，命张宗苍补写一图，盖旧图凡四，而失其一也。己亥冬，知县邱涟取卷至署重装，毁于火。事闻，御笔亲仿绂画，为补首图，命皇六子及弘旿、董诰分画二、三、四图；又出内府所藏王绂“溪山渔隐图”卷偿之。及更咸丰十年之乱，垆、卷皆失。同治初，秦湘业始得御笔图，华翼纶又出所藏王绂“翠竹”卷，并付黄埠墩僧藏焉。而秦恩延亦旋得“渔隐”卷，乃并归之。余家旧藏王进士仲山先生绘竹垆图手卷，当初绘就，庋藏家中，不以示人，故吾邑人罕知有此卷耳。

倪高士故居

清閟阁，在吾邑梅里乡元倪瓒故居，旁列碧梧奇石，设古尊罍彝鼎法书名画其中，非杨维桢张雨诸人不得至。他有云林堂、朱阳馆之属，以清閟阁为最胜，其名至外国使臣皆知之。阁前苔藓盈阶，不容人迹，绿缛可爱，落叶时则令小奚缀针于杖端，挑而出之。

送　别

吾邑吴云士诗文雄健，工画。乙卯应试入都，贾云装季超送别诗云："都门待君君不至，我始归来君又去。去年我去君送行，今我留君不肯住。问君何时还，答以春月暮。其时花正开，访我花深处。归期已订莫愆期，堂上二老送别时依依。"华素人白送别朱南山云："且住为佳耳，无端作别词。斜阳将暮矣，翘首欲何之。深树鸦归急，欹桥人渡迟。相逢欣不远，记取后来期。"鲍若洲汀送袁上简之姑苏云："最恨蓉湖水，东南日夜流。送君双桂楫，遥指百花洲。岁月长槃弃，风尘短鬓留。金阊春色里，莫上最高楼。"送吴一峰之崇明云："三月愁春尽，临歧复送人。飞花兼柳絮，飘荡逐征尘。我梦依山曲，君行向海滨。潮平与潮落，相望几劳神。"送冯道士兰亭还惠山云："为急原鸰历苦辛，京华滚滚逐红尘。陌头杨柳愁中曲，洞口桃花别后春。丹鼎经时虚宿火，青山无恙待归人。石门东畔龙峰下，好结仙坛礼上真。"又有石叙民者，不知何许人，其出都，口占有"无定阴晴交孟夏，最多离别是长安"之句。

天宝居

明洪武戊午夏四月，雨雹，横山居人萧天祐在城中三日后归，启其室，见阶下有四石子，一白如玉，隐起竹叶纹；一深红色，一浅红色，皆如宝石有芒采；一最小者鸦青色。王学士达题其居曰"天宝"。

三奇童

邵文庄幼与同邑丁松年、惠远称三奇童，尝同至洞虚宫嗣龙。山房道士年八十余，谓曰："闻三君敏妙。吾有王学士寿先师祖文千余言，能诵十过记之，当烹白鹅以进。"于是丁诵一过背之，不失一字；惠诵二过讹四五字；邵细诵三过，又侧听二子背诵各一，讹十余字。道士大笑，进鹅。既去，谓弟子曰："邵子深沉寡言，举止不苟，此远大之气；二子质敏而气浮。"时三人十余岁。又三年，而丁以儒士第一人应举不第，寻卒；惠后仕，终顺天通判；悉如道士言。

六景九松

吾邑西梁溪、东回溪，宋元时溪流甚广，后周文襄公取三墩土填回溪为良田，今仅存带水。明初，尤征君文与王孟端并居溪上，过庭章去溪半里许，三君相得甚欢。孟端画"家溪六景"，曰"春波雨意""秋霖水涨""群鱼捕獭""芦洲集雁""晴渔晒网""雪霁鸦翔"庭章亦画"溪岗九松"，合唱和诗为一轴。

朱子四时读书乐

山光照槛水绕廊，舞雩归咏春风香。好鸟枝头亦朋友，落花水面皆文章。蹉跎莫遣韶光老，人生惟有读书好。读书之乐乐何如？绿满窗前草不除。（春）

新竹压檐桑四围，小斋幽敞明朱曦。昼长吟罢蝉鸣树，夜深烬落萤入帷。北窗高卧羲皇侣，只因素稔读书趣。读书之乐乐无穷，援琴一奏来熏风。（夏）

昨夜庭前叶有声，篱豆花开蟋蟀鸣。不觉商意满林薄，萧然万籁涵虚清。近床赖有短檠在，趁此读书功更倍。读书之乐乐陶陶，起弄明月霜天高。（秋）

木落水尽千崖枯，迥然吾亦见真吾。坐对韦编灯动壁，高歌夜半

雪压庐。地炉烹泉然活火，心清足称读书者。读书之乐何处寻？数点梅花天地心。（冬）

白乐天池上篇

十亩之宅，五亩之园，有水一池，有竹千竿。勿谓土狭，勿谓地偏，足以容膝，足以息肩。有堂有亭，有桥有船，有书有酒，有歌有弦。有叟在中，白须飘然，识分知足，外无求焉。如鸟择木，姑务巢安，如蛙居坎，不知海宽。灵鹤怪石，紫菱白莲，皆吾所好，尽在吾前。时饮一杯，或吟一篇，妻孥熙熙，鸡犬闲闲。优哉游哉，可以忘年。

行住坐卧词

行，不与人共行。出门两足云生。为看千峰吐翠，踏翻古渡月明。

住，不与人共住。茅屋松窗一坞。门前有鹤吟风，户外落花无数。

坐，不与人共坐。婆娑影儿两个。雪花扑面飞来，笑我北窗纸破。

卧，不与人共卧。葛被和云包裹。孤峰独宿无聊，明月梅花伴我。

还金劝忍

明张养浩瓒，字廷美，刚直，慎取与。尝行高桥之南，遇醉而斗者，一人坠金于地，张拾而默观焉。比斗已，始觉亡金，大遑迫，潸然出涕。张乃徐呼，谓曰："男儿何不能慎一言而自令若是？向非我，即此金不归。与若所争，得失何如也？"出金还之。其人谋所以报者，张不顾而去，即运使恺父也。

朱将军墓

朱沛，吾邑泰伯乡人。生而骈胁，骁勇绝人，能力格牛斗。尝舟行，遇盗数十人，手歼之，焚其舟，夺其资，以赈贫者。明季流寇鸱张，从征有功，例擢为将军，当事忌之，夺其功。沛曰："飞将军不侯，固有命焉。"谢病家居。及卒，会葬百数十人，皆流涕，因名其垄曰"朱将军墓"。

大臣当存心仁厚

侯先春，字少芝，万历间平滇中洞蛮，诏屠之。时少芝在垣中，与台中某、候补布政某同在坐，曰："蛮人跳梁应诛。一洞幼小何知？忍令俱死乎?"谋合疏保之。时台中某尚沉思，布政某怫然曰："朝廷将灭此种，何疏为?"少芝不得已，独具疏，得旨宥，其幼小活着数千。

遇　仙

苏合尊馆于赵氏。书室中惟苏一人下榻，门户辄自启闭，地上时印足迹，横斜宛似莲瓣，甚厌之。忽于案上得诗一幅，云："偶来柳巷听流莺，为爱闲斋花正盈。非是春风吹骨软，只因新月扫眉横。世间未识黄粱味，梦里谁怜粉蝶情。若得诗人长悟此，年年桃李笑清明。"又常评改苏诗，有"梳残日影花千缕，唤住春光鸟数声。眼前得意香嫌淡，别后相逢情最真"等句。邻塾张若颠者，至其馆叩问行藏，至夜，案上有题帖云："君不见柳花飘，飘东飘西，飘得艳阳人大笑，飘得艳阳天大恼。弄恁么巧。若然飘到砚池中，一身都墨了。尔问我，我不晓。何不向绿水青山看人老。"远近相传，谓其遇仙云。

缝穷女能守贞

京都有缝裳之业，盖皆负郭贫家出为市廛补缀者，以其所作多衲衣敝裈等物，故又号之以"缝穷"云。东直门外有母女业此，女年十六七，貌颇姣好，虽蓬鬓布衣，人恒眮焉。女性贞静，惟低鬟佣作，不轻交一言，人亦无敢犯之。乃母病，经旬不能如市，薪水之费俱乏，女不得已踽踽独行，缝纫终日，薄暮始出都门，携一小竹筥，内贮剪刀棉线，无他利器也。村居去城较远，行及旷野，人迹杳然，正急步间，忽闻林中语曰："若归乎？予有垢衣，可为予濯。"女愕然，盖母女业亦兼此，遂疑为市井熟识，趋就之。入林，则一恶少年箕踞茂树下，形甚凶暴，女惊惧，反身欲回。少年突起，提其领如捉鸡雏。乃赧颜询曰："若有涤衣，可亟付我带归洗濯，日已暮矣。"少年笑曰："予悦汝美非一日，邂逅相遇，适我愿兮，何归耶！"女闻言，面如灰，暗忖欲不为污，须用辣手，因佯允之，潜取筥中裁剪藏于衣，迨两人俱裸下体，猝以剪齐其阴而断之，愤激而力猛，血直溢，少年大慌，顿化为狐，鼠窜而去，遂携竹筥急归，尤血殷衿袖。雄狐绥绥，遇者多不免，能于仓卒中以计阉之，可谓能事，且其节足以风世焉。

吕邱山三字经

宋富郑公少时，人有骂者，如不闻。人曰："骂汝。"公曰："恐骂他人。"人曰："明呼姓名，岂骂他人？"公曰："天下岂无同姓名者乎？"告者大惭，骂者竟死。及为相，常语子孙曰："忍之一字，众妙之门。睦族处家，尤为先务。若勤俭之外，更加一忍，则何事不办？"可见节人所不能节，忍人所不能忍，因用力于人所不能用，将习惯自然，随试辄效，未出而负公辅望，已出而为邦家光，即古圣人"克勤克俭有忍有容"事业，咸取于三字中矣。故余以"勤俭忍"三字经，为士人一生宝。

父母兄弟

人子于父母当思顺适其意，致亲喜乐，先意承志，喻亲于道，其仪节详见《曲礼》《内则》诸书。然繁文可省，至性当加，事亲者不必拘拘求合乎古礼，而自能暗合乎礼意，尽其诚心而无间断。丧则尽哀尽礼，祭则必诚必敬，贻父母以令名，善继志述事可谓孝矣。第丧以哀为本，礼以不僭为本，自衣衾棺椁外俱属无益，毋事虚文，有伤俭德。至于佛家超度，尤为妄费，慎勿从俗。于兄弟当念手足之义，视兄弟之身如己身，而疾痛相关；视兄弟之事如己事，而荣辱无异；视兄弟之子女如己子女，而彼此无分。设或不幸嫌隙内生，遭人伦之变，反求诸己，必是我之孝弟有未至，委曲婉转，务求全合而后已，切不可听信妇言，较论财产，以致轻其所重而重其所轻，有伤至性也。

孝思获报

李江，吾邑兴道乡人，素有孝行。一日入城访姻戚，款以巨蟹。江念母嗜蟹，袖之归。薄暮逢剪径，贼见其衣衫褴褛，止夺其袖中物而去。江踉跄奔归。次日，传言某处有一人，昨宵无病暴卒，遍身青黑，旁置巨蟹半只，盖中蟹毒也。设使江非念母，则杀身；路不遇暴，则杀母。一念感格，母子全生，孝思之获报如此。

望黄河长歌

徐州王大宣登云龙山，望黄河长歌，云："天风吹我上云龙，耳中听尽万壑松。顿觉平生夙愿此时展，俯视万家灯火生重重。举头直欲通帝座，振衣恍惚寻仙踪。楚汉兴亡不入怀，古今天地开洪蒙。直北飞出一条水，波涛滚滚流向东。有如白云泛沧海，有如大野戏彩虹。忽如骏马驻坡留不住，又如兔起鹘落去无穷。咫尺奇观步可到，使我气吞八九常汹汹。吁嗟乎！扶舆灵秀东南钟，砺山带河壮金镛。云归天上龙归海，惟有此山此水依旧罗雄封。"

枝指家声

亚剌伯南境近红海，与印度海峡相通，有部落名"雅密德"，有姓"福德理"者，所生子女，手足各生六指，代代相传，每人二十四指，不与他姓为婚，必二十四指者始肯联为秦晋。每逢此等之人，不必问姓，只观其枝指，即知之矣。

人摇头鬼缩退

直隶有老儒，失其名，伛偻猥琐，侏儒可笑，且自耳目口鼻以至四肢，无一不似有如无，人因以魂灵目之。居某巷，以授徒糊口。丙戌夏秋大雨，其室为霪霖所坏，无所依栖。左近有凶宅，无人敢居，曾悬钟馗像于壁，究莫能驱，以故旷闭甚久。因即造请，欲假数椽为设榻计。主人故与识，乃笑曰："以君状貌，虽似与鬼为邻，然亦宜避而远之，何更趋而近之乎？"固请，许焉，遂移居于其内。夜将半，果闻鬼声啾啾，毛发尽竖，惟勉诵"救苦咒"不辍。无何，有二人排闼径入，睨之，黄瘦臃肿不可以目。乃甫入户，即反身却退。老儒惊怖少定，更闻其语曰："此真僬侥国佝偻丈人，吾曹不可以复逞。"又有一人应声曰："汝不畏魁梧丈夫抚剑疾视，而畏此琐琐者乎？虽然，吾亦胆碎，势难复留。"遂长啸而俱去。初以为幸借佛经，既而知其为己，不禁引被而窃笑，竟夜安寝，声响寂然。明日，出以告人，罕有信者。居旬余，绝无他异，主人称奇，留为久计。惟童蒙畏葸不来，爰绘其像，撤钟馗而悬之。后有居人，无不安堵，咸丰时厥像犹在壁。

保存神位

明天启乙丑八月，将毁东林书院，高忠宪公夜召儒学吏潘守，命之曰："书院毁矣，惟是燕居庙孔子神位岂可俱毁？吾念惟文庙复壁中可藏，特以相托，毋泄。"乃呼灯，躬奉神位付潘。明年，公及于难。其后燕居庙再建，潘之子华言于众，乃迎而祀焉。

察下情

雍正初，设缇骑四出侦伺，凡闾阎细故，无不上达。有王海文殿撰云锦，供职词垣，元旦与戚友为叶子戏，忽失一叶。次日趋朝，上问夜间何所事，以实对。上笑曰："不欺暗室，真状元也。"因袖中出一叶示之，即云锦夜间所失者。其余臣僚所为皆得知，殆难缕述。

微生虫

格致家每谓日光大有益于卫生，近美国某省卫生公局实验此事，收效之巨，竟有出人意外者。据云：曾以薄层阴沟污水内含有微生虫及伤寒症之微菌毒者，置之日中，晒至二刻至一句钟之久，微生虫即已尽毙。日光之惠人大矣哉！

泊祭风台

明董文敏持节楚藩归，曾晚泊祭风台，即周郎赤壁，在嘉鱼县南七十里。雨过，偶有箭镞于沙渚间露出，里人拾镞示文敏，请以试之火，能伤人，是当时毒药所造耳。噫，奇矣！子瞻赋赤壁在黄州，非周郎鏖战之赤壁也。

乐善生贵子

吾邑邹叔介兑金，崇祯丁丑公车北上，渡江，泊金山，狂风大作，叔介见有覆舟，招手疾呼，出金援救，众操舟竞援，活十一人，获死尸十九，复捐三百镮，设救生船二十余艘，号“红船”，至今好善者踵行之。叔介赍赀既罄，竟归，不复赴试，即殿撰忠倚之父也。

汤文正

汤文正公斌抚吴时，以清介自励，下属有贪酷者，皆善为劝勉，不改，始以法惩之。郭总宪琇时任吴江令，以贪黩闻，公檄至省，励以贞廉。郭曰：“琇所以贪者，以供前任某抚军之欲也。今公既清廉自矢，请宽一月期，如声名犹昔，请立置典型。”归，自洗其堂庑，曰：“前令郭琇已死，今又一郭琇也。”政为之一变。公荐于朝，卒为名臣。徐中允汧殉明节，其子俟斋不仕本朝，隐于支硎山中。公重其品，屏除驺从，徒步访之。俟斋辞以疾，公徘徊门外，久之，始延入，待以粗粝，公为醉饱，时人两贤之。仁皇帝初南巡，公引驾，自盘门入，门为吴郡中最冷落者，曰："无使上知吴俗奢，有损圣德。"又请免漕粮数千百石，吴民至今感之。时纳兰太傅明珠掌朝柄，前抚军某岁以万金馈之，公终年不投一刺，明衔之。会立东宫，明奏曰："前星春秋方盛，不以可不正人导之[①]。如汤某，其选也。"仁皇帝遂召公，以尚书衔入辅东宫。公素严正，多所建白，人咸疾之。尝待漏朝房，众方促膝欢语，见公至，皆走散，终日无一人与语者。公笑，谓人曰："吾今入哑人国矣。"明恚怨不释，命翁尚书叔元明章劾公。上知其忠，优容之。一日，赴黄木厂查木归，晚犹健饭如常，次早猝然薨，人以为明阴遣人鸩之也。乾隆中，特旨追谥"文正"。

责子又自责

望子科名显达，往往有因心专而致笑柄者。昔某太史退老林泉，日以课子为事，子亦名下士，早已蜚声庠序。某年大比，子甫出头场，即向取文稿，阅毕，不置一词。嗣后每日必翻阅一次。迨放榜日，则见报马四出，皆不及其门。鱼更三跃，消息寂然。太史乃招其子入书室，手持戒尺，指其文而责之曰："此处擒题宜紧，汝以缓笔出之，我作主司必不中；此处为通篇主脑，汝草率若此，我作主司必不中；此处宜翻，汝反正；此处宜短，汝反长；我作主司亦不中。"每说一句即击首一下。责毕，将就寝，忽报者至，曰："公子中解元矣！"阖家大喜，贺客纷来。太史爽然若失，竟置不理，复招子至书室，仍执戒尺，指其文而谓之曰："此处欲擒反纵，我见不到，例当击；此处急脉缓受，我见不到；此处笼罩全题，元箸超超，我见不到，亦当击。"每说一句，自击一下。其子极意劝慰，不肯休。击毕，然后出堂受贺。

储书籍

遗金满籝，不如一经，古人所以称书为良田也。暴发之户，非无

---

① 不以可：当作"不可以"。

秀彦,苦于无书可读,虚负聪明。为父兄者早为储蓄,俾知开卷有益之故,中人以上,固可望为通儒;中人以下,亦可免为俗物。或谓书非急需,急而求售,必亏原直。呜呼!是薄待子孙之说也。子孙至于售书,不才极矣。以购书之赀置产,终归罄荡。若其才者,则读家藏书籍,大用大效,小用小效,岂必以资产为凭借哉?录《双节堂庸训》。

红兰主人

红兰主人讳岳端,安亲王子,安节王弟,善诗词,其邸中多文学士。安王命教诸子弟,故康熙间宗室文风以安邸为最盛,延朱襄、沈方舟等为上宾。方舟妻朱氏名柔然,亦工诗,迟方舟久不归,作《杭州图》寄之。主人为题诗云:"因怜夫婿无归信,翻画家山远寄来。"沈即日束装南旋,当时传为佳话。主人尝选孟郊、贾岛诗,为《寒瘦集》行世。以宗藩贵胄慕二子之诗,可谓高旷矣。

子逆媳孝

吴春生者,里居未详,其妻某氏,事姑甚孝。姑年老,又有瘫痪疾,终岁卧床不起,侍奉维勤,无怨言,而春生殊不以为然,以母老徒坐食,往往咒其速死。妇见夫状,泣谏云:"无母则汝安来?汝能长成,不知费汝母多少心血。不此之念而愿母死,尚得为人乎?"春生怒,杖责之,妻亦不声,任其痛杖而已。母虽老病,甚健食,非肉不饱。一日,妇质钏环,购肉奉姑,夫归见之,疑其有外遇,因得有钱供母。妇无由白,愤欲自缢,顾念姑病不可无人侍奉,己死,姑亦不免,遂屡次忍耐之。未几母死,子不以为戚,妇含哀茹痛殓姑,葬于翁墓侧,人均称其贤孝。春生有族兄某,窥妇美,欲行非礼,峻拒之。某侦知其夫喜博,常诱与同博,每待其负,解囊代偿,阅年余,积数甚巨,索逋,屡乞缓期,终不能偿,乃使人告之,愿再出数百金购其妻。为夫者始不允,继以无术偿债,遂允而立券。妇见券,泣不肯往,谓:"吾夫虽负德,吾终不觍颜事二人。"某令多人强劫以归,誓不从,囚之一室,妇于夜半，解带自缢。某自此坐卧不宁，心神恍惚，经旬昏晕卒。其夫闻妻缢，悔悟痛矣数日。改行为善，以耕稼终身。

江天一览

高江村士奇，华亭人，家贫，鬻字为活。纳兰太傅明珠爱其才，荐入内廷。仁皇亦爱之，凡遇巡狩出猎，皆命江村从，故江村诗曰："身随翡翠丛中列，队入鹅黄带里行。"盖纪实也。江村性趫巧，遇事先意承志，皆惬圣怀。一日上出猎，马蹶，意殊不怿。江村闻之，以潴泥自污其衣入侍。上怪，问之，答曰："臣适落马，坠积潴中，未及浣也。"上大笑，曰："汝辈南人，懦弱乃尔！适朕马屡蹶，竟未坠。"意乃释然。又尝从登金山，上欲题额，濡毫久之，江村拟"江天一览"四字于掌中，趋前磨墨，微露其迹，上如所拟书之，其迎合类如此。

真才子

吴太史廷桢为诸生时，以诗鸣。宋漫堂尚书赏之。圣祖南巡，迎驾于郊，宋指以奏曰："此吴中才子也。"上命扶上御舟，而试以"圣驾巡幸"为题，限"江"韵。吴应声曰："龙舟彩鹢动旌幢，圣主巡方至越邦。"上问侍臣："舟至何处？"对以："正至吴江。"吴乃续曰："民瘼关心忘处所，侍臣传语到吴江。"上笑曰："即景生情，真才子也。"因钦赐举人。

乡人称皇亲

明蔡少卿亨，无锡人，初为南陵教谕，既五年，有都吏谓曰："得三百金，可擢知县。"亨黾勉欲从其请，夫人以事未可必，劝阻之，遂得淮府伴读，历兴府教授，皆不得意，郁郁赴官。亡何，世宗入继大统，亨以潜邸旧臣拜光禄少卿，寻迁太常，大被知眷。相传时有妃蔡氏者，苏人，本渔家女，微时曾记识亨，及入宫被幸，上问廷臣中有亲族否，则以亨对。自是代来之恩，加之戚里，顾遇弥渥，乡人称皇亲。今其谕茔犹在，南乡有蔡王村者，即少卿昔年所居之地也。

铁头和尚

陕西华阴县有关王庙，其中僧侣百余人，香火之盛，甲于一县。一日，有白莲教匪徒侯德山等，纠众往劫，僧侣咸骇避，忽有一行脚僧摇手止之，谓：“匪不我敌。之有我在，何窜为？”主僧曰：“子仅一人，不可敌众。况匪徒猖獗，子岂欲劘虎牙乎？”答言：“请姑试之。”时匪众已至殿外，行脚僧提铁棒跃庭中，高声喝曰：“汝曹明火执仗，目无法纪耶？”侯怒，舞刀斫之，以额受，火星四迸，刀不能入，盗大惊，欲遁，复舞铁棒左右横扫，疾如风雨，匪众多死，其余者鼠窜去。既逐盗，入殿安铁棒讫，神色不稍变。主僧等皆惊拜云：“吾侪肉眼无知，不识活罗汉尚在人间也。”后为乡民所知，群以“铁头和尚”称焉。

爱民孝亲

陆朗夫中丞燿，吴江人，生即端悫，六岁受《孝经》《论语》，以古贤自期。乾隆壬申举京兆，补中书，入军机，傅文忠倚为左右手，风骨秀整，静气迎人，虽恂恂谦谨，而临大事则屹不可动。值有作乱者距运河甚近，人情汹汹，争欲闭城，公不可，谓：“寇未至，先闭城，是示怯也。且乡民争入城，何忍弃之？”乃募兵拒守，而身坐城闉，弹压稽察。贼知济南有备，乃不敢南向。屡迁至湖南巡抚，均以廉直称。事母甚孝。初选守大理府，再迁甘肃监司，俱以亲老调近。抚楚时，见属吏有老亲赴补者，恻然悯之，奏：“官员凡亲年七十，虽有次丁，俱许终养。”一时中外归养者千余人。临终前一月，犹奏：“湖南社仓谷已敷用，请免征收。”奉旨允行。所著《切问斋丛书》，皆选本朝诸名臣奏疏见诸施行者，各分门类，注尤详备，足为后世准绳。

诸葛显圣

嘉庆辛酉年，台中丞斐音奏称：“川匪阑入汉中时，犯定军山，其间有诸葛忠武侯祠。诸贼恍惚见侯纶巾羽扇，率神兵数万助战，贼胆怯，因以败溃去。”上命葺祠，以报其德。

阿戆真奇仆

阿戆，太仓南乡人，姓陈氏，名道生，世习武，以贫故，佣于嘉定廖某家。某年，廖与同年黄某入都礼试，道生随行。至淮北，途遇响马六七人，廖黄皆战栗无人色，道生说：“有我在，无害也。”及盗既近身，乃力拔道旁柳树挥之，盗虽刀枪并举，不能胜。既而挥舞益力，盗惊惧，乃揖曰：“我辈无知，惊动君子。乞恕罪。”遂释盗使去。因深敬其人。及举进士归，为之娶妻。一日，为邻家舁柩，因断绋而伤足，邻家给医药资，谢不受。乃交主人转给之，仍不受。人皆以“阿戆”呼之，而彼亦因以自号。凡极劳之事，一身当之。尝自言：“既佣于人，安敢辞劳苦?”主人益重之。及主人任浙抚使，为卫卒长，随任年余，见其在官无德政，欲辞归，将佣后所得之银钱，悉数纳还，并云：“仆所以相随十六年者，以主人气宇不凡，将来必为名臣耳。今民怨沸腾，祸至无日，非但不忍受惠，亦且不忍见获祸也。”言毕大哭。亟起谢过，而彼已拂衣出，告贷归太仓。廖自闻其言，馈不食寝不寐者数日，既忽自批其颊曰：“我身膺民社，反不及一奴仆耶!”遂上书奏事，力陈民间疾苦，遇有大事，无不挺身为民，由是士民悦服，一省称颂。因思及陈仆，函招之，复往。及退任日，士民遮道挽留，乃顾谓曰：“我之治绩，老仆陈道生与有力。”于是士民夹道欢呼，称“陈先生”不止。

投河留训

龚节愍廷祥，无锡人，于乙酉南都破时，投武定桥河死。其绝笔训子云：“吾自正月出门，与母执手相别，意欲得一诰封以荣父母。四月十八日，果命下，准诰封，吾事济矣。时方欲一见老母，以殉国事。不意五月十一，同吴年兄到水西门，欲出去，白刃数重把截，遂缩回。十三日早晨易服出城，又有多兵将刀枪乱加，缚至城上。吾命已该绝，终以不见老母为恨。亦思此心何心，甘事二君乎！汝辈要小心谨慎，侍奉祖母，切不可务外事，切不可得罪于人致惹灾祸。吾虽在地下，有余荣矣！吾生平每事思学古人，所以至此，念之怆然。”此字节愍殁后百有五年，其曾孙任道尚藏于家。

钱南园直言

乾隆中，钱南园沣奏国泰诸贪婪不法及国帑亏空事，上震怒，命刘石庵相公往讯，得实，置泰于法，迁公通政副使。后以事镌级，再补言官。时和相擅权，朝中自立私寓，不与诸臣共坐。公劾之，谓：“国家所以设立衙署，盖欲诸臣共集一堂，互相商榷。佞者既明目共视，难以挟私；贤者亦集思广益，以济其事。今和珅妄立私寓，不与诸大臣同堂办事，而命诸司员传语，其间即有私弊，诸臣不能共知，虽欲参议，无由而得，恐有自作威福揽权之渐。请皇上命珅拆毁其寓，遇事公同办理，无得私自处判。”上嘉其言，命公入军机以监之。逾年，公暴卒，上甚悼惜。

食明粟已久

韩贞文先生馨，长洲人，少时习字，董香光见而悦之，谓：“此子日后必以书法擅名。”年七岁，书五人之墓碑，人争异之。至国初，隐居不仕，惟以习学禅定为事，晚年披发陀头，作出世状。其弟某有习科名者，先生曰：“清以义受命，垂统甚正。然吾侪生于季世，食明之粟已久，不可为失节之妇，以遗异日子孙羞也。”及其没，门弟子念而不忘，私谥曰“贞文先生”。后其元孙葑显达，为大司寇。

井中怪

河镇张菊帆先生家有一井，已数十年矣，水甚清冽，邻右均取汲于此。某年元旦之夕，先生在庭中小便，偶一顾视，见井中有红光一道射出，奇之，取灯细照，无所见，乃就寝。漏三下时，其女孙忽大号不已，先生惊醒，揭帐外视，见红光映窗，状如火起，急披衣下床，趋至楼下，殊无恙，心稍安。复启门出，则井发光益盛。时邻右咸疑张家失慎，群来救护，至庭大疑讶。未几光熄，烛之又无异。而井自发光后，其水即变猩红色，且有奇臭，嗅之欲呕。数日更变绿色，而香冽异常，人不敢取饮。且时作巨声，似大石下堕者，诸家为之不安，然亦无术以止之。其后声愈巨，光愈盛，水亦复臭，较前益烈，人不可近，于是均疑有他故，设醮禳之。一僧忽仆地晕去，良久始醒，详述“作法时见一人以红帕裹首，散发于肩，双目闪闪如电，手持巨斧，迎而击余，余昏瞀不能自持”。众大骇。先生曰：“见怪不怪，其怪自败。姑置之可耳。”遂叠石封井，上铺石板，后亦无他异。

施岳两青天

施漕帅世纶有权术，尹京兆，时金吾帅诡公和诺行骄纵，轿前常拥八驺，施遇诸途，乃拱立道旁，长揖以俟。诡惊骇，下轿问之，施忽厉声曰：“国制：非王公不设驺马，吾以为诸王室至此，拱立以俟，孰意汝也？”欲劾之，诡谢，乃已，俗呼谓“施青天”。又有岳少保起，满洲人，以孝廉起家，初任奉天府尹，前任某以贪著，公入署，命仆自屋宇器用皆洗涤之，曰：“勿染其旧也。”后与将军某抗，罢官逾十余年，复用为山东布政使，俄调江苏巡抚。公清介自矢，夫人亲掌签押，署中僮仆仅数人，出门驺从萧条，瘦骖敝服，居然寒素。禁止游船妓馆，无事不许宴宾演剧，吴下奢风为之一变。驭下虽甚宽，然不假以事权。尝与客共谈，指其侍从云：“若辈惟可供洒扫趋走。署中政事乃天子付我辈者，安可使其与闻？向来大吏不能令终，皆倚任若辈为心腹耳。”夫人尤严正。公尝往籍毕弇山尚书产，归已暮，面微醺，夫人正色言：“毕尚书耽于酒色，致有今日，相公乃效彼为耶？”公长谢焉。吴民思其德，演为《岳青天歌》，以为汤文正后一人而已。

代作诗

王文简公士祯，诗名重当时，浮沉粉署。张文端公英时值南书房，代为延誉。仁皇帝亦素闻其名，召入面试。渔洋诗思本迟，加以部曹小臣，乍睹天颜，战栗不能成一字。文端代作诗草，撮为丸，置案侧，渔洋得以完卷。上乐之，笑曰："人言王某诗多丰神，何整洁殊似卿笔？"文端谢曰："王某诗人之笔，定当胜臣多许。"上命改官词林，因得置高位。渔洋感激终身，谓："是日微张某，余几曳白矣。"

山舟书法

梁山舟学士同书，相国文庄公子，官侍读，即引疾归，善书法，远近驰名，日本朝鲜诸国贡使争以重价购之，当时论者谓："近日书家，刘石庵相公朴而少姿；王梦楼侍读艳而无骨；翁覃溪抚摹三唐，面目仅存；汪时斋谨守家风，典型犹在。惟先生兼数人之长，出入苏米，笔力纵横，浑如天马行空，张文敏后一人而已。"

吕金刚

论拳术有内外二功，得其一即足以称无敌，然外功终逊于内功也。甬人吕金刚者，夙号多力，与人角无不胜，以此夸耀乡里。时值天后圣节，吕杂稠人中调戏妇女，众莫敢谁何。忽有一卖糖老叟疾趋前，抚其肩曰："子年少，何无礼？"吕怒，欲击之，而两臂麻木不仁，无所用其力，因知为异人，跪求之。叟笑曰："有术者宜深自韬晦，勿以术欺人。如子者尚未登峰造极，而乃目高于顶，非大器也。姑暂赦汝，后当好自为之。"言讫，以手轻拍其背，病若失。欲拜为师，叟不肯，坚辞去。或云："卖糖者得内功，尝与人戏，以一纸压瓶下，手击三下，纸裂为三而瓶无恙。又以头发刺蛋，钻成小孔。且能使身软如棉，刀枪不入。至金刚所得者为外功，宜其见屈于翁也。"

品高言直

邹晓屏参政炳泰，无锡人，登科后不登权要之门，徜徉词馆者三十年，以资深得跻卿贰。好古书画，收藏甚富。遇有宋拓本《化度碑》，至质衾裯易归，自喜云："他人以如山金帛易赝物满架，不及余数金之真也。"立朝不苟，洊至冢宰。与胡合庵争铨选事，直言侃侃，胡莫能夺，卒以见谪。尝谓人曰："吾年已及衰，尚恋恋此位何为？当以去就争之，不可使朝廷之法自我坏也。"其言有古大臣风。然性多疑忌，苛待下属，尝于政事堂谓铨选部君曰："汝部中皆卖法之人，何面目入此堂？"以致激怒阖部司员，尽欲挂冠去，赖同事者劝谕，乃止，故僚属嗟怨，不以实告，兼京兆数载，致延林清之变，而公尚未知。是日踉跄入朝，谓"事出仓皇，我亦无法措置"，昏然坐军机处阶上，默无一语，众皆笑之，卒以是免官归。著有《午风堂丛谈》，尤善吟诗，体裁正宗，颇有随州、青邱遗趣，实近日公卿所罕也。

三姓门生

于金坛相国敏中当权时，词林学士奔竞其门，有某探花命妻拜于妾为母。及于公死，梁瑶峰秉枢柄，某又令妻拜梁为义父，馈以珊瑚朝珠，纪晓岚作诗讥之，有"昔曾相国拜干娘，今日干爷又姓梁。赫弈门楣新吏部，凄凉池馆旧中堂"之句。及嘉庆己未，朱文正内召，某复匍匐其门，靦颜求进，时谓之"三姓门生"。

流落申江

沪城虽斗大，自通商以来成天下巨镇，惜风俗最坏，少年子弟往往挥金如土，不久而囊橐空虚，衣衫日陋矣。某有诗云："乐极悲来唤奈何，黄金十万尽消磨。饥寒交迫无生业，流落申江乞丐多。"

母宜严

“家有严君,父母之谓也。自母主于慈,而严归之父矣。其实子与母最近,子之所为,母无不知,遇事训诲,母教尤易。若母为护短,父安能尽知?至少成习惯,父始惩之,其势有所不及。”此龙庄居士语。

天佑孝妇

鄂北崇阳县有王姓次媳叶氏,躬操井臼,得舅姑欢爱。翁殁,仅老姑在堂,家贫,业农度日,而伯氏夫妇甘旨常缺,幸赖次媳厨下羹汤。未几,姑患一症,红大如碗,溃脓淋漓,延医治之,无少效。长媳嫌秽,年余不入慈帏,惟叶氏朝夕事奉,不离左右。一日痛楚更甚,昏晕几绝。忽有道者扣门,问:“有人剧疾者乎?”氏以实告。道人云:“此非药可治,必人肝方可瘳。”氏答曰:“妾当弃此身以供刀俎,何如?”道人即喝咒,而氏焚香,以剃刀将肝尽刲出,神色自若。道人取庭中梧叶一片,涂葫芦中药,敷其胸,血立止,痛亦减。嘱长媳烹熟以进,彼讶其异,先窃尝之,味甚苦,遂举以奉姑,甫入口,觉味美似炙熊,因食尽焉。自此疽渐痊,氏亦无恙,里中均称其至孝能格天。

和 诗

海阳谢慕逸和云间许幻园《忏绮游》四律,其一云:“梦醒扬州尚未迟,烟云过眼枉当时。月圆月缺今休问,花落花开总不知。漫道有情难遣此,算来无益是相思。试将旧事评量遍,几许欢娱几许悲。”

为 政

凡人涉世,才足则能达机谋,学足则能穷深远,识足则能应权变。此经邦知人论世之大要也,三者缺一,断断不能为政。

印　章

刻印以汉印为正宗，浙派小异，尚无流弊，至邓派已薄弱，然亦圆转可爱。今世更将邓派曲意屈蟠，强作姿媚，全失篆法，古意亡矣。

桂亭吟草

高伯祖似山公，讳其泰，增生棘闱，屡荐未售，著有《易义管见》四卷，学者称为有功经学之书，原本早失。又有《桂亭吟草》二卷，仅存伊曾孙国庆手抄一本，兹择其佳者录之。《雁声》云："列阵排空带雨鸣，霜风嘹呖更堪惊。声沉紫塞三千里，叫断青齐十二城。共话稻粱将渐熟，还怜鹓鹭可同盟。静听咄咄书空际，江上芦花月正明。"《蝉声》云："抱柯高唱淡烟笼，作意惊人振暮空。鼓翼有时还挟雨，鸣琴无处不凌风。愁深黄叶荒村外，调急清商落照中。一点愁心本孤洁，嘈嘈浑似笑莎虫。"《蛩声》云："唧唧深藏乱草根，萧然四壁对谁论。庐陵有赋相酬答，骑省多愁入梦魂。细咽更阑孤枕侧，微吟酒醒一灯昏。最怜听得将军令，战死何曾怨少恩。"《砧声》云："捣尽清霜似鼓挝，凄凉不复听琵琶。响随刀尺金风劲，冷逼衣裳玉露华。荡子天涯迷古巷，美人秋水隔邻家。丁丁敲断愁无数，遮莫溪头学浣纱。"《笛声》云："不分鸾啸与龙吟，半入青霄半入林。一曲梅花烟漠漠，数声杨柳月沉沉。高楼吹彻惊寒梦，孤馆听残荡客心。清响不胜肠断处，玉关哀调逼南音。"《笳声》云："一片西风荻管通，悲凉怕听杂霜钟。心惊冷月眠难稳，愁结寒云韵未终。吹动鼓鼙骄塞马，响高觱篥壮卢龙。余音若在天山外，知在天山第几重。"《雨声》云："飒然天外失峰青，檐溜空阶冷画屏。岑寂巴山寒滴翠，凄凉剑阁夜淋铃。潇潇入竹难为语，点点洒蕉不耐听。紧逼西窗眠未稳，迷离何处问苍溟。"《环佩声》云："谁家装束斗春深，风韵天然暗里寻。缓款空阶拜新月，伶仃深院抱孤琴。湘裙细摆玲珑玉，红袖轻摇络索金。最是魂消人渐远，玎珰犹自送余音。"《浪花》云："无端开谢总因风，叠縠成文聚散同。汉女珮遗明月渡，鲛人泪落蕊珠宫。青萍激水千盘上，白絮漫江一舰空。莫便然犀寻色相，三山琪树有无中。”《睡鞋》云：“小小轻红不染尘，背灯偷换半窥人。鸳鸯枕畔千金艳，锦绣衾中一捻新。踏入巫云湘水暗，勾残香梦玉楼春。魂销子夜摩挲处，双裹纤纤掌上珍。”又有《秋柳》四首，录二：“月浸银河冷玉河，愁牵织女欲抛梭。离亭听彻乌栖曲，别浦惊残子夜歌。望去易伤潘骑省，折来难寄窦连波。春心不作无情死，化入青萍怨更多。”“无端京兆意萧条，欲到西风短鬓飘。笛里不堪吹夜月，樽前且莫话南朝。乌啼秋老怜隋苑，霜落江空冷灞桥。寄语芙蓉莫轻妒，春来依旧舞纤腰。”七绝如《和黄可亭半舫》云：“一局消磨清昼长，个中宛似绿波航。莺声夹岸千回唤，不见飞帆送夕阳。”“数枝梅萼著精神，绕槛琼姿点缀新。寒夜牙樯花影照，几分月色几分春。”又断句可取者，《金陵怀古》有“几点寒灯分曲院，一声云磬冷清秋”。《咏床》有“竹窗云卧风来扫，花榭琴眠月去铺”。《咏镜》有“只手磨成千载鉴，四时藏得一轮秋”。《牡丹为风雨摧残》有“井没胭脂衰草地，楼空结绮暮霞天”。

焚券还妇

浙江永嘉县王履谦，性孝友，年四十五，无子，妻为私购一妾，履谦知之，询明乃贫家妇，怒曰：“析他人之妻而为己之子计乎！”即焚券遣归。后其妻五旬生一子，孙曾绕膝，寿八十五。

成　形

北方之有人参，南方之有何首乌，久能形成美童，其处夜有光明，或日与小儿戏嬉，人则不能识也。若得食之，寿可千万。人有知其细，欲发土而取者，惜此物预知，能逃逸不见，其灵如此。

岁朝春

谚云：“百年难遇岁朝春。”同治辛未元日立春，时余年二十五。

光绪丙戌又遇，余正四旬。光绪乙巳三遇，余已虚度五十九光阴矣。时值在兰溪，晨起见雪，戏作一联云："岁朝春同人萃泰，元旦雪大有恒丰。"俞曲园诗云："六十六年三度遇，聊堪骄语诧儿孙。"有同然也。

俭与吝啬异

俭，美德也，俗以吝啬当之，误矣。省所当省曰俭，不宜省而省曰吝啬。顾吝与啬又有辨。《道德经注》云："啬者，有余不尽用之意。吝则鄙矣。俭之为弊，虽或流于吝，然与其奢也，宁俭。"录《双节堂治家言》。

赏鉴家

吴中丞大澂有轻裘缓带戎马风流之概，年逾古稀，尚诗酒书画无虚日。至周鼎汉砖法书名画一入其目，真伪立辨，亦赏鉴家也。

出　使

曾劼刚袭侯纪泽，智勇足备，精通西学。时命出使英法各国，所带随员中，惟与陈君远济最契。陈君茶陵人，少年饱学，未久，返道山。袭侯哭以诗，有"百事资君如右臂，六年为我竭中肠"之句。

食　缘

张君级三，述其同里某素喜食鸭，年四十余，以寒疾卒，忽苏，自言："至冥司见一草屋，畜鸭百群，门上标我姓名，所养谅必我之食料，须吃尽方死耳。"果痊，复活十余年，又食鸭无算。一日，谓妻子曰："今我将死，昨梦至冥司，见养鸭之室空矣。"越日，竟无病而卒。

大盗改行

道光时，归安有某孝廉公车北上，道出山东，赁一车，御者朱五年逾六十，躯干甚伟，须髯戟张，满面刀痕若井大，又缺左耳，疑非善类，业已赁其车，无如何。然一路伺望甚谨。夜宿孤店，孝廉疑惧。五慰之曰："我在，可无畏也。"一日贪行过宿，所求逆旅不得，忽有劫盗四五人骤马来，孝廉惊仆，五推车至林薄间，谓："主人毋恐，待吾收拾此辈。"持铁鞭鹄立以待。及驰至，以刀环搠之，乃挥鞭而舞，贼刃皆落，瞋目叱云："鼠辈伎俩止此，遂敢行劫！亦知山东有朱五耶？不去，血吾刃矣！"盗抱头而窜。孝廉感谢不已，答云："我不敢讳。向者固大盗，持此鞭入人丛中，人莫能近；崇垣数仞，越过之如康庄。恃此行劫，官莫能捕，山东界上无不知我名，因自信挟此技行天下，当无有出吾左右者，然卒受大创，面上刀痕及左耳是徽识也。抚镜自照，心犹悸然。今改行已二十余年矣。"因诘以受创事，答言："昔者道经安徽，见一富户娶妇，妆奁甚盛，往劫之。逾垣而进，伙辈三四人随以入，洞房红烛高烧，夫妇已就寝。迹及其窗，新妇陡起，年才十七八，叱曰：'勿惊官人。有本领，财物任尔取之。'俄一刀飞出，著于棂，人亦随刀出。众知不敌，皆逃去。吾犹以其女子也而易之，方徘徊间，一刀复出，左耳去矣，乃惊而逃。甫上屋，为所及，蹴以足，身不能动，妇以刀画予面，纵横各数十，谓'今夕花烛良辰，姑贷汝死'。提而掷诸墙外，幸不死，因知盗不可为，遂翻然改行。"

崇信宋儒

莫宝斋晋，浙江会稽人，少入成均，法时帆先生最赏识，每考必列前茅。公性和蔼，酷好宋儒书，尝增注朱子《近思录》，又能默诵朱子及宋诸儒各书，或问，不遗一字，登乾隆乙卯科榜眼，官至仓场侍郎，数任江苏学政，所取皆寒畯士，实近来学臣中罕见者。

情重缘悭

某公子者，皖中名下士也。少负众望，潇洒不群，年十六，就试金陵，放浪秦淮。偶眷一姬，酒阑灯灺客去，留髡泣谓曰："妾不幸堕尘，欲择人而事，然久历无如君者。君逾侯生，我逊媚香多矣，如不见弃，当侍左右。”答以：“仆本寒士，焉能游勾栏求佳丽，且家乏金屋，无可贮娇，恐终负卿，奈何？”姬泪涔涔下，自叹命舛，慰之曰：“今试如售，当徐图之。”乃喜，使人移书籍行装至院中，诵读限课程如师，暇则焚香煮茗，以佐清话。每入场，亲送之贡院，归后，必终夜跪祝。及将出场，亲舣舟河干，以待试毕留其待榜。榜发之夕，公子醉卧，先遣人买题名录，复徘徊室中，足无停趾，或默语，或变态，婢妪窃哂。天将明，闻扣户，启之，则报人寻至，竟中经魁。姬厚犒喜金，又筹会试之资，感其意，遂下帷如故。冬至后，姬买舟泊楼下，运细软于其中，同伴入都。越日过袁浦，易车而行，未两驿，受风寒，得微疾，达京后病渐加，临场犹料理一切，赁车接送如前，归必吐血，末场病剧昏晕，公子拟不终场，则云：“妾千里相从，若不往，是负妾之跋涉。”不得已惘惘入场，草率完卷而出。抵寓闻哭声，则已死，遂大哭，厚为殡殓，如嫡礼。迨榜发，又成进士矣，即扶柩回里。后官尚书，筑花园葬柩其中，肖姬貌塑像，为花神祠，俾子孙岁祀之。

书生迂鲁

洪稚存编修亮吉，阳湖人，中庚戌探花，性狂嗜酒，善考订，著乾隆府厅州县志及东晋疆域考、南北朝疆域考，学问渊博。戊午翰林大考，上《平邪教疏》，深中时要，人争诵之。朱文正公招之入都，欲荐于朝。先生首斥朱崇信释道，为邪教。朱正色曰：“吾为君之师辈，乃敢唐突若尔！”先生曰：“此正所以报师尊也。”又讥王韩城相公刚愎自用，刘文清公为当场鲍老，一时入座悉被疵议。后裹装欲归，复上书于成王及朱石君、刘云房二相公，多诽谤朝廷语。成王以其书上闻，上悯其书生迂鲁，戍伊犁，未逾年，放归田里，以其书常置御座旁，曰：“此座右良规也。”先生既放归，乃纵酒自娱，不数载，卒于家。所著古文，多载本朝名臣嘉言善行，有裨世教焉。

二阴交感成胎

粤东之俗，女生十二三，即结闺阁之盟，凡十人，号称“十姊妹”，无论丰啬，不计妍媸，簪珥相通，衣饰相共，俨有嘤鸣之雅焉。及嫁，缓急相扶持，是非相袒护，凡翁姑之不慈，夫婿之不睦，叔伯妯娌之不相能，父母兄弟所不敢问者，惟姊妹得而问之，故闺门之内，蒂固根深，莫能握夺。某县绅家，有女及笄，字于巨族，忽病吞酸，腹亦震动，父母咸疑之，然而家禁森严，内无五尺童子，惟同盟一女弟，系贫无所依者，女白诸父母，留养于家，昼则共一绣筐，夜则同一绣榻，此外别无一人，疑不及此，遂目为疾，延医诊视之，举不能辨。无何而弥月不迟矣，且居然生子矣！众论汹汹，丑扬中冓，婿家巨族，不堪其辱，遂讼于邑宰，欲罢其婚。女家亦惭赧不能白，将致女于死以涤垢。惟姊妹行不忍，具牒于县，言女之诬。娇鸟群啼，哄堂号泣，宰亦无能判决。事闻中丞，委员同鞫，究不能定。时少司寇某公出司臬事于粤，谙练详核，强记多闻，乃谓其属曰：“盍使稳媪相女？若系闺体，则斯狱无难立断。”其属窃笑，以为生子者不坼不副，容或有之未闻；既生既育，而犹珠联璧合者也。因奉宪令，勉使验之，果皆以处子报。犹恐其妄，遂各遣其衙眷同往查勘，又俱以女体为言，始信之，而惑愈滋，因复命于公，公闻之，嘿然良久，遽诘曰：“胎岂有异乎？”对曰：“向曾视之，虽无生气，具体亦人，但四肢百体空空然，如蝉之蜕，若革之囊，一似全无骨肉者，惟此为疑耳。”公乃太息曰：“仕优弗学，几杀人子。诸君固有所不知。此二女同居，重阴交感之象也。”众请其说。公笑而不言，命吏诣库，取某年部案与众观之，中一事若合符节，众乃顿悟。盖女年已长，情事渐知，私与女伴效其状，虽两雌无异，而真气流通，因亦有孕。第无云雨之私，究非细缊之正，遂令硕果虽结，宛同钻核之李，职是故耳。僚属叹服，乃定案。婿家亦无异言，后数月迎女于归，倡随无间，至今生子数人，则骨擎肤立，迥非向之仅具皮相者矣。

害人自害

世之淫书淫画，害人为最，竟有作淫画以害人，而反自害者，真天道报应不爽也。浙人伍某，借丹青糊口，因无人顾问，妻女饘粥不继，穷窘异常，遂揣摩时好，作唐宫秘戏图，日以贵价求售，生计转裕。其女年届破瓜，颇贞静，终日惟刺绣，忽见所画春册，不觉红晕满面，默默若有思。乃父有阿芙蓉癖，待其烟迷时，掩入仔细翻阅，日日如此，父母不知也。后得病，不饮不食，如梦如痴，诊治终不见效。其母盘问再三，不答。一夕，母为拂拭枕席，见有秘戏图一包，皆系残稿，伍乃恍然大悟而悔焉。洵孽由自作，悔无可追也。

施济胜经忏

嘉庆丙子岁，吴中岁歉，南濠李文璧父故，广延僧道修醮拜忏。一夕，伊父凭孙女福全语文璧云："尔固孝我，但当此荒年，苟有钱财，宜施济饥寒，较为有益。徒延酒肉僧道，礼拜经忏，非但无补，且加罪愆也。"李从命维谨，日施饥人，每人钱一百二十文，共七百余千。未几，伊父又凭福全语文璧云："尔之孝思，感动幽冥。冥府已加增汝福寿，我今亦往生富贵人家去矣。"施济之益不大哉！

全人原婚姻

嘉定秦簪园先生事亲至孝，质直好义。合卺之夕，新妇闷坐垂涕，先生询之，谓："余虽不才，忝名庠序，家虽不丰，尚可温饱。今日吉期，何为若此情状？"答云："幼已字有婿家，父母嫌其贫，遂悔初盟。"诘是何人，以其姓氏答，乃同学友也。先生立即避出，并遣人招同学友来，告其故，即以己之洞房为友之洞房。次日，将奁饰衣物悉赠友而送之归，嗣于乾隆癸未，竟大魁多士。

有张某者，六安人，绮岁多才，家业又富。其邻家王姓艳羡而以女妻之。结缡之夕，见女哀泣，询其故，女云："吾前已许贫士高某，今又嫁子，是二也。尝闻烈女不事二夫，君其谓我何?”言讫，寻带自缢，张力救得免。即于是夕，觅得高某，拉至其家，为之合卺焉。次日，高某筹措聘金送还，分文不受。次年，张捷乡闱；逾年，复捷南宫。而王邻宅不戒于火，家业一空，盖居心势利，几致女死，究非宜也。

又天津有丁生者，家贫，读书，聘妻未娶。岳家甚富，见婿贫，有悔意，使人邀丁至家，以盛馔相待，语之云：“吾女有残疾，恐累汝，愿出多金为赠，可另娶佳人。”乘醉答曰：“卖妻吾所不为。丈夫何患无妻子！尔既不愿，即作离婚书亦可。”挥就而出。道遇同窗某，询其何往，告以故，大为不平，因令媒妁往议婚。其岳以某家素丰，即允之。某定期迎娶，前数日告丁曰：“尔之弃妻，吾已娶之。子与吾素密，何可不我贺?”迨合卺之期，竟往贺。邀视新妇，颜色甚丽，颇心动，然已无如何。乃入席痛饮，遂至沉醉不知人事。某命人送丁卧新床，反锁其门，至五更始醒，见新妇凝妆坐待，大惊，急开门，门已锁，大声疾呼，乃开锁，入谓之曰：“子已与彼成婚，可携归矣。”丁力矢天日，某云：“此吾意也。尔岳如有言，我当与之构讼。”时新妇亦知系故夫，遂偕归。某倩人至其岳家告知，岳甚惭，不敢有他说。后数年，同窗者二人同榜举孝廉。全人婚姻，其功甚大。此事尤有豪杰举动，天之报善人也，宜矣！

卷下

夙慧

李巨来侍郎绂，江西人，性聪慧，少时家贫，无赀买书，乃借贷于邻人，每一翻阅，无不成诵。偶入城市，街衢铺店名号悉能识之。后官翰林，库中旧藏有《永乐大典》，公皆读之，同僚取架上书难公，无不立对，人皆惊骇。乾隆辛酉典试江南，闱中卷几万本，公一一批示，莫不中肯，实近世文人所不逮也。

读书益

吕邱山云："今有悦人耳目、益人神智、扩人度量才略而适于用者，其惟书乎！"昔李永和弃产营书，手自删削，每叹曰："丈夫坐拥万卷，何假南面百城？盖天地秘藏，尽泄经籍。伦理非书不晰，世务非书不经，知识非书不充，郁勃非书不解。自天子以至于庶人，一展卷则面与圣贤对，神与造物游。读未见书如良朋倾盖，读已见书如故人重遇，不觉心花时开，愁魔远避，故曰：'寒可无衣，饥可无食，惟居家不可一日废读。'读一卷受一卷之益，读万卷受万卷之益，将至乐有余，文武将相其具在我，用行舍藏，岂仅青紫梯荣哉！"

必慎其独

宋赵清献公昼之所为，夜必焚香以告天。刘甲为显谟阁学士，尝谓吾无他长，惟足履实地，昼所为夜必书之，其不可书即不敢为。戴亨教人以毋自欺为第一，尝铭于坐曰："莫见乎隐，莫显乎微，欲人不知，莫若弗为。”吴临川云：“人之一身，心为之主。人之一心，敬为之主。主敬则心常虚而物不入，且心常实而我不出。无物无我，则功在几先，如明镜止水，物来毕照，不求慎独，而自慎独矣。”

自励

吾邑顾宛溪祖禹，弱冠时贫甚，为里塾师，岁得修脯止六金，以半与妇，俾就养妇翁家，余尽市纸笔灯油，题其馆曰：“夜眠人静后，早起鸟啼先。”其自励如此。著《方舆纪要》，日草数条，或以事旷，必夜不寐以补之。熟于山川阨塞战阵攻守之略，会三藩用兵，崎岖闽浙，迄无所遇。尝题淮阴侯庙云：“重瞳帐下未知名，隆准军中亦漫行。半世行藏都是错，如何坛上会谈兵。”盖自况也。

词有忠愤气

贵筑石襄臣侍郎赞清喜吟咏，有《集古饾饤集》，刊行已久，旋归道山。其诗余一稿，存鲍花潭中丞处，中丞于公闲加以序跋，付之手民。其有在夷营中绝粒求死，作《满江红》一词云：“生死关头，有甚么，迟疑不决。又何必、旁观痛哭，声声悲咽。海国直教银管误，天家且恐金瓯缺。恨潼关、不守老哥舒，勋名裂。　　段公笏，苏卿节。睢阳齿，常山舌。算古今臣子，后先同辙。养气久无心可动，招魂只有恩难绝。戴头颅、一个此间来，拚流血。”

劝人禁狎邪游

王霞轩观察善诙谐，一夕宴客，席上劝人莫作狎邪游，有客答曰：“不过行云流水耳！”观察曰：“究行过几回云，流过几回水！”满座大笑。

义婢

中州赵氏有婢名秋香，貌蠢陋，性木强，平居寡言，笑块如也。赵子美大令官闽之诏安，挈眷之任，婢随焉。发逆扰闽境，邻县相继陷，大令凭城战守，死与贼抵，历七月之久，粮尽援绝城陷，而殉一家死难者三十二人。大令有五子，死其四。幼子名长保，字佑之，方五龄，婢与乳母共护之。乳母负以走，遇贼而惊，弃于地，婢急乘乱挟之入井，水深及肩，置佑之于肩上，僵立三昼夜不少动，饿将死，仰天泣曰："吾主忠臣，天绝其后，苍苍者何在耶?!"贼闻井中澌泣声，缒而出，谛视此儿，谓："是妖种，必杀之!"贼中语均称官为妖也。秋香掖儿泣曰："此非官之子，吾弟也，乞勿杀。吾素供烹饪事，惟役是听。"使司饮爨，作羹汤以进其酉，饮而甘，稍宠异之。群匪大妒，相谋曰："彼以弟为命，杀其弟，则命穷矣。"闻而惧焉，急匿之于灶室泥土中，幸搜未得，即手制精馔以媚群匪，群匪渐与善，而此儿遂得保无恙。未几，发逆他徙，乃携儿展转随之，对贼则强欢，背贼则泣祷于天，惟冀少主早脱于难。精诚所至，神明鉴焉。诏安之人闻赵令之子在贼中，并知有善为保护者，出重赂共赎归。探族中有伯氏守建宁，共往依之。秋香以立水中久，浸蓄寒湿，卒受病，逾年而死。赵氏厚葬之，祀弗衰，报其义也。

济人胜修斋

陈鹤皋云："昔孔子有言：'丧，与其易也，宁戚。'盖戚为本，而易则其末也。可见人子之事亲，以实不以文。"有俞简之者，邑庠生，幼失怙，母吕氏，守志抚孤，及寿终，语之曰："幸汝今已成立，吾可见汝父于九原矣。值此荒年，乏食者众，我家有余粟，可尽出赈之，胜于为我修斋也。"简之唯唯遵行，不遗余力，全活甚众，此可谓克体亲心，而善用其财者矣。后其子孙益昌炽，何莫非孝德中得来乎?

孝　妇

吾邑顾汉臣妻沈氏，备娴妇道，姑病剧，焚香告天请代。梦神赐药一丸，进诸姑。觉而异香满室，姑病旋愈。汉臣二十五殁，氏八十五殁，属纩时子孙环侍，命曰："做善人，勤读书，毋负我六十年苦节。"

樵子祠

浙江台州府之东湖有樵子祠，不知何许人，相传为明初时故老，一日担柴过湖滨，闻成祖登极、建文走死之信，大号一声曰："三纲绝矣!"弃担于地，投湖而死，乡人至今祀之，私谥"忠逸"。有陈某撰一联云："千古泯姓名忠而为逸，一肩担道义夫岂真樵。"

崇祠墓

祠者，先人神灵所栖；墓者，先人体魄所藏也。子孙思先人而不见其所栖所藏者，如见先人焉？祠墓不綦重乎?！凡栋宇有坏则葺之，罅漏则补之，垣砌碑石有损则重整之，树木什器则爱惜之。或被人侵害，盗卖盗葬，则同心合力复之，此皆根本所在，毋忽！

做　人

人负七尺躯，立天地间，惟做人为第一要事，亦惟做人为第一难事。知其要，固不可不求究其道；知其难，尤不可不求究其道。六经、四书、小学、近思录、性理等书，做人之道尽于是，即是而反求诸身，随时随地力行，上可以圣，次可以贤，下亦不失为好修之士矣。

奇　盗

闽之漳州有文武兼精之奇盗，矫如猱，疾如隼，来风去电，莫测所由，亦莫知其姓氏，凡被劫之家，墙上必有画兰一枝，遂以"一枝兰"称之。富家巨室，争相戒备，防之愈甚，劫之愈速，闾阎终岁无安枕。县令某初莅任，控报其案者数十百起，悬赏严缉，久而勿得，乃系群捕于狱，三日一比，有老捕垂毙矣，呼其子与诀。其子由狱中涕泣，泪痕满颊，途遇一书生，叩其故，以实告。书生偕之至家，乃为具酒，半酣，谓之曰："尔愿得'一枝兰'乎？我即是也。如不信，请试之。"捕子谓：

“有饭具遗狱中，能取以来否？”答以“何难？”须臾，果携饭具来。捕子大惊，再拜求援父命，乃约明日到案。越晨，县令方升堂比捕，忽闻空中语云：“勿累无辜！”一瞬间有人跪案前，问以伊谁，答言：“生员某。某即世称‘一枝兰’者是。”县令云：“异哉！士而盗乎？”对曰：“明公所见亦罕矣。今夫为士者，冠儒冠，服儒服，穿窬其性，桀跖其心，始则以文字窃取科名，继则以一官吮民膏血，天下比比皆是，非盗耶？至若我之所为，富者劫之，贫者周之，以我之义，行我之仁，似此盗犹胜于彼盗，于士也何羞！”县令颇奇其言，曰：“尔士也，能文乎？”曰：“能。”试以题，援笔千言，倚马可待。又曰：“尔盗也，能劫我署以内物乎？”曰：“能。闻明公有宣炉最宝贵，当取以报命。”县令欲穷其技，纵之去。是夕设炉于密室，令众环守之。至夜半，闻庭中有抛物声，众出，烛之，无所见；入室，则炉不翼而飞矣。大索终夕，踪迹杳然。及明，吏报昨日之纵去者至，执炉以献。县令赏之，乃劝改行，留署中，月畀五十金，彼悉以周给茕独，己则啖饭以外，一无所受也。漳州之盗风最炽，自此人投诚，而余盗无不获者，海滨萑苻为之一清。

止邪术

唐钱偡为湖州刺史，有妖人登大树，恣为鬼神语。偡曰：“妖由人兴。”命注弩而射。彼惧，请命，因鞭之，州人咸服。嘉定初，黄山知绍兴府，闻嵊有虎患，讹言虎有神，变化叵测，或为僧，或为猿狙，倏忽莫可踪迹。山祷于神，募勇殄灭无遗，民赖以安。林大中知庆元，府郡民讹言夜有妖。大中谓此必黠贼所为，立捕黥之，闾阎遂安。西门豹为邺令，乡之三老巫并廷掾常岁敛百姓，为河伯娶妇。因下令：“我亦往送。”至期，观者骈塞。三老巫并巫妪、廷掾皆在，豹云：“是女不甚美，烦巫妪入报河伯更择绝美者。”即投之于河中。立久，无回命，更投一人；逾时，又投一人。促之如是十余次，巫类俱尽，则曰：“彼等不能白事，须烦廷掾入河促之。”众皆叩头流血，乃止，其俗顿革。

驹有天性

浙江之镇海，防营内畜马甚多。有牝马产一驹，牡也。及长，骠壮无伦。适牝马求雄，豢人欲其再产良种，以驹相配，恐其母子相识，障驹之目而使之合。既启其障，驹知大错，长嘶一声，扑杀豢人，跳踯而死。营主见而奇之，以人礼收葬死驹焉。

孝　感

宋顾忻十岁丧父，以母病，荤辛不入口者十载。每鸡初鸣，具冠带，率妻子诣母室问所欲，如此者五十年。母老，目无所见，忻日夜号泣祈天，母目忽明，年九十余，无疾而终。陈泰瞽目十年，绍兴间母死将葬，泰欲送柩至圹，人或止之，答云："母生我鞠我，今日亲入土，忍以疾辞而不送乎？"索涂一二里，双目顿开，人皆异之。

君子有四箴

内不欺己，外不欺人，上不欺天，君子所以慎独。心无妄念，身无妄动，口无妄言，君子所以思诚。不愧父母，不愧兄弟，不愧妻子，君子所以宜家。不负天子，不负生民，不负所学，君子所以用世。

怜寒士

江阴有兄弟三人，皆生员也。居于乡，因欠粮殴役，县官具禀辛谦受学使，请共褫革。学使令县官速取五百金来，当为办此事。县官不解所由，亟如数送至。学使批其禀曰："欠粮，贫窘之故；因欠而殴役，穷极之故。殴一役而革三生，君非吾道中人也。"云云。盖县官乃捐班，故轻之。当传三人至，谓曰："有五百金在此，速完粮去。"

呼天熄火

吾邑浦瑾，字文玉，明正德辛巳进士。邻失火，延及其庐，父柩方殡，呼天叩颡，流血被面，火顿熄。左右皆毁，其室独完，人以为孝感。

可法

昔兖州王克明上舍，遇里族中有贫而守节者，必按月给送钱米。其年节庆贺，必使子弟辈先往拜叩，谓“吾以慰其苦而坚其志也”。年例合符者，即为请于上司，申详题奖，此最可法。

敦孝友

孟子曰：“孩提之童，无不知爱其亲也。及其长也，无不知敬其兄也。”此从源头上说来，见得孝友是人之天性，初非外铄我者。又曰：“仁之实，事亲是也。义之实，从兄是也。”此从学问上说来，见得人能孝友，方是大学问。盖父母之恩，同于天地。人而不孝，是自绝于天地矣。兄弟之情，等于手足。人而不友，是自断其支体矣，尚得为人乎？

吼声

四川重庆府马家巷宋宅，有古剑埋土中，剑把出土数寸，摇摇兀兀欲动，力拔则终不能起，使人揠其土，将及剑末，闻有吼声，惧而止。今剑把出土仍如故也。相传为张献忠遗物云。

微弁就义

湖北有杨文轩者，以字称，逸其名，家居省城内，以千总充常巡抚巡捕官。咸丰间，粤匪陷省城，引巡抚至其家，从容请殉节，代挽带缢之中梁，俟气绝，掩藏毕，再拜痛哭，亦自经。常巡抚之殉难，固无俟文轩请；而文轩以微弁能如此就义，可以风矣。

择友

今夫同声相应、同气相求之谓友。子曰：“友直，友谅，友多闻，益矣。”又云：“毋友不如己者。”可见人不可无良朋，必择才德出众者数人，时相砥砺，而终身可以不孤矣。子夏曰：“四海之内皆兄弟。”子张曰：“于人何所不容？”此言人之度量超越耳，岂真可不择人而交哉？待君子须敬根于心，始终如一；待小人须包容退让，渐远而勿近，使不至蓄忿。凡人家居，且忌滥交。滥交则人所求于我者众，而代谋日迫；且或遇奸险之徒，则嫌怨生而祸孽起，其弊可胜道哉？

节　俭

汉景帝昭云：“雕文刻镂伤农事，锦绣纂组害女工。农事伤，饥之本；女工害，寒之源。饥寒而能无为非者寡。”此言奢靡之为祸也。乃今日奢靡之失更甚：宫室衣服必求美观，庆吊宴会必尚华侈，否则，人笑为悭吝俭啬。而少年德性未定者，辄羞赧欲避其讥，则竭力支撑，东挪西借，以争一时之虚体面。张文端公曰：“用费不节者，债负之由也。债负者，鬻产之由也。鬻产者，饥寒之由也。”况奢靡既惯，则子孙习为游惰，妇女不惜物力，岂知荣华枯落，曾不须臾，天幸难邀，祖泽难恃，虽以房杜之后，犹不免荡覆无余，况其他乎？故传曰：“俭，德之供也；侈，恶大之也。”[①]能知俭之为供而非啬，知侈之为恶而非美，则知节俭之可尚而不可鄙矣。且古人教人节俭，亦非必一钱不用也。大抵量入为出，耕三余一，不妄用以破家，亦不多藏以敛怨。王咨伯曰：“天与人福泽，当知爱惜。爱惜则一卮之福，用之不尽；不爱惜，则万钟之福，一覆立尽。”谚云：“当于有日思无日，莫待无时想有时。”旨哉斯言！有家者所当常念者也。

母病不仕

秦镗字国和，无锡人，母张病，痿且喑，镗以意揣其所欲而调护

---

① 恶大之也：疑当作“恶之大也”。

之，坐卧躬自抱持，积十九年不懈。举宏治十七年乡试，授南京都察院都事，以母病辞不赴，邑《志》“孝友”有传。

俗语出名人诗

世之口头俗语，有出于名人集中者，如杜荀鹤诗之“世乱奴欺主，时衰鬼弄神”；曹邺诗之“难将一人手，掩得天下口”；徐守信诗之“儿孙自有儿孙福，莫与儿孙作牛马”；罗隐诗之“今朝有酒今朝醉，明日无钱明日愁”；古乐府之“晚饭少吃口，活到九十九”。

品望堪钦

桐城姚姬传先生鼐，癸未进士，官刑部郎中，刘文正公素加赏识，谓：“近日文人能知政体者，惟姬传一人而已。”先生为方灵皋弟子，故古文学归震川而精粹过之。其纪事体多仿庐陵，殊神逸。文正薨，先生即请假归里，以教读为生，居巷循古礼，日讲政书于塾中。有贾人子以重币聘，力却之，曰：“鲰生虽贫，不能受无义财也。”年八十余，重赴鹿鸣，犹著述不休。论者以品望为桐城第一。

终身俭素

汤敦甫金钊，浙江萧山人。嘉庆己未进士，出朱文正公门，公甚器之。敦甫性质朴，悃愊无华，不修边幅。官翰林时，寓光明殿左廊房课蒙童，无异冬烘。任祭酒时，寓文昌宫，尝刊《文昌阴骘文》等书劝人，一如文正之学。视学江南，仆从仅数人。暇日携书至君山上诵读，终日自笑曰：“此可谓玩物丧志矣！”洊至吏部尚书，俭素如故。

夕阳诗

桂林倪耘劬《夕阳诗》十律，记其佳句，云：“山色六朝金粉艳，烟痕一曲玉钩斜。”“暗催月魄蟾初上，轻送霜蹄马不知。”“几处高楼烘翠袖，一条深巷认乌衣。”“十里绿摇丁字水，一时红到午桥庄。”

学粹品端

朱文正公珪，大兴人，八岁即操觚为文，文体倔聱苍古，与兄竹君学士筠齐名。年十九，登乾隆戊辰科进士。纯皇帝深重其品，刘文正统勋复荐于朝，谓：“北直之士，多椎鲁少文，而筠、珪兄弟与纪昀、翁方纲等，皆学问渊博，实应昌期而生。”上曰：“纪、翁等文士耳。朱珪不惟文好，品亦端。”方数年，擢山西布政使。抚军为黄检，少年纨绔，贪黩骄奢，公常匡正之。黄劾公迂滞，上优容之，改学士，入直上书房。时睿皇帝为东宫，日导以今古嘉猷，侍讲幄十余年，无一语涉时趋，东宫甚重之。后以孙文靖荐，纯帝曰：“朕固知其通晓吏治。”遂授安徽巡抚，以清介持躬，俸廉外毫不沾取。吴修圃驷为公所得士，尝夏日谒见，饲以瓜，亦必计值付价于县隶，其不苟取类此。爱惜人才，所保荐如荆道乾、王秉韬，其后皆为名臣。掌己未、乙丑二春闱，所取如张惠言、鲍桂星、陈超曾、汤金钊、孙原湘、孙尔准、谢崧，均一时知名士，故其薨日，上甚震悼，亲临奠醊，世共惜之。

逆妇变猪

乾隆己酉，常熟某乡有不孝妇欲杀其姑，置毒药于饼中，而自往他所避之。姑将食，忽有一乞人来求其饼，姑初不肯与，乞人出一绿绫衫与之换去。及妇归家，姑示以衫，妇夺之，初著身，忽仆地变成猪，邻人咸集视之。作人语，云：“我本应天诛，以今生无他罪过，但变兽以示人耳。”言讫，遂成猪叫，独其前脚犹似手也。

小人不可忤

“与君子忤，可以情遣，可以理谕，谅我无他，不留嫌怨。小人气质用事，志在必胜，忤之则隐怒不解，必图报复。故遇小人无礼，当容以大度即宜；公言亦须稍留余地，庶不激成瑕衅。”此汪龙庄言也。

水 怪

光绪甲午之岁，京都南下洼地忽出一水怪，吼声如巨鼓，闻数里外。时公车皆集都下，争往觇其异，男女老幼日往观者数千人，陶然亭、锦秋墩之间，茶棚至数十，冷寂之境，忽成闹场，二十余日声渐止，时论谓主兵象。无何而中日战起，京师大震，时论谓怪征已验。

虾蟆搬家

京都齐化门外六里屯者，有一土窑，忽于二月十四日有虾蟆列队而出，迤逦往东行，越陌度阡，历数车道而至一小沟，赴水而没。自十四日侵晨起至十七日晚止，共走四日四夜，连绵不绝，布队密如群蚁，遥望若长桥，大者如瓶如盎，有数小蛙伏大蛙之背，路人掇之，坚不可拔。凡蛙必怒目，每跃一二尺。此次之蛙，皆闭目徐行，举前后足，作兽行状，好事者争往观之，车马络绎于道。

喑哑开言

湘潭有窭人子，生而喑哑，为人赁舂，既不与人酬对，舂粟常倍他人，人以是争赁之，所获日数十文。以放生为事，鸟雀鱼虾均受惠。如是二十余年不稍懈，一日忽能言，群以为好生之报不爽。

积德业

世无百年常盛之家，而有百年常盛之道。得其道，则衰者可返于盛；失其道，则盛者必至于衰。其道维何？积德业是也。夫人生产业，俱是外来苟积之，不以其道，便有悖入悖出之患。甚者或以多藏而致厚亡，或以财聚而招怨毒，种种患害，不可殚述。独至德业生于吾心而无穷，出于我躬而无尽，愈积则愈多，愈多则愈安，不但一身蒙其利，而且乡党称誉之，君子敬礼之，鬼神福祚之，身后传诵之，子孙荣享之,种种利益,亦不可殚述。历观故家大族烜赫宇宙,积久常盛者,其先必有敦庞醇古之君子,或开于前,或继于后,累代相承,积德无间,然后深仁厚泽,孚于天心,善气凝结,蔚为国华,既昌既炽,为时望族。《易》曰“积善余庆”,《书》曰“作善降祥”,洵不虚也。然德业有大小,有隐显,务在择而为之,慎而守之,取其大不遗其小,勉于显不欺于隐,毋惮其烦,毋勤始怠终,毋使一刻间断,斯德崇业广而庆流于后嗣矣。或又疑德业惟有财者能积之,不知家无论贫富,人无论贵贱,皆可积也。其修于身者,如孝亲、敬长、亲仁、信友之类,原不必费财。其及于人者,虽不能不费财,然有财者出财,无钱则出力、出谋、出言,均无不可。但勿以善小而不为,可也。

杜门养亲

吾邑王问,字子裕,号仲山,少从邵宝游,登嘉靖十七年进士,官兵部主事。时累有边警,预籍武健,厚其廪食,比撤归,多溢领,或有请追之,问曰:“人轻死以来,撤去,又欲夺其余。他日朝廷更下檄,谁复至者?”擢广东佥事。濒行见父,有怆然离别之色,即上书告归,杜门养亲不出。工诗善书画,清修雅尚,士大夫皆慕之。尝书屏云:“训吾以道德者,拜而师之;授吾以文艺者,敬而爱之;求我以书画者,量己应之;告我以家事时事者,厌闻之;语我以公府事者,隐几不应,绝之。”及卒,门人以“文静先生”私谥之。《明史》及邑《志》“儒林”皆有传。

索润笔

索润笔诗,唐六如句云:“闲来写幅丹青卖,不使人间造孽钱。”又郑板桥一绝云:“画竹多于买竹钱,纸高六尺价三千。任渠话旧论交接,只当秋风过耳边。”钱梅溪亦有五绝,曾见之,今不能记。

擅诗才

弋阳黄竹樵孝廉，以诗鸣于乡。其悼亡佳句云："插脚红尘原是梦，伤心紫玉已成烟。天原有恨谁能补？我已无魂更可销。"后试礼部，以风流小过获谴，在狱中诗云："走马方探杏苑芳，蓦惊铁锁贯文昌。敢云缧绁非其罪，始信温柔不是乡。一第浮名原腐鼠，半生歧路叹亡羊。可怜老母携娇女，犹把泥金拭目望。"逾年始得开复。

义猫冢

京师麦芽胡同有王秀轩者，豢一猫，极灵驯，家人皆珍护之。一日大雨通宵，举家熟睡。猫忽绕屋哀鸣，继而跳登床榻，猛啮王足，痛极而醒，闻室屋震震作响，仰视之，见梁木将倾覆，即呼家人起避。复闻猫声嗷嗷，儿声呱呱，盖王与妻仓猝奔避，遗儿于榻，猫故抓儿，啼以待救也。迨夫妇抱儿出，则房屋骤倒，猫竟死矣。王感其义，为置棺购地以瘗之，立石曰："王氏义猫冢。"呜呼，世之受人恩而不思图报者，其有愧于此兽也多多矣！

小　词

同治初年，发逆洪大全就擒后，于途间自题小词，下半阕云："一事无成人渐老，壮怀要问天公。六韬三略总成空。哥哥行不得，洒泪杜鹃红。"其人不足取，其词则清丽可诵。

谨　言

薛敬轩先生曰："《易》言'修辞立诚'，《书》言'惟口出好兴戎'，《诗》有'白圭之训'，《春秋》有'食言之讥'，《礼》有'安定辞之训'，铜人有'三缄之戒'，《论语》《孟子》与凡圣贤之书，谨言之训尤多。以是知谨言乃修德之切要，所当服膺其训而弗失也，可不慎持于应事接物之间哉！"

狗 国

去鄂罗斯若干里有狗国者，生雄为狗，生雌即好女子。狗大如牛，走若飞，居则山洞，与女为夫妇，女皆绝色美人也，饮食则不异中土。其余尚有鹤国、蛇国、鹄国等，均可考之图书，集成一书。

先德工吟

余族先辈工诗者颇多，如仙谷公讳嵋，幕游东粤，大吏以精勤得治体，欲荐举，力辞而归。善诗，著有《眉山诗稿》。《和杜汉山送春韵》云："闻道伤春杜牧之，一生惆怅落花时。枝头已缀青梅子，叶上还题红粉词。倚阁残阳人意懒，卷帘飞絮鸟声迟。年年送别成泥醉，不觉星星两鬓丝。"《福宁九日》云："九日登临兴不穷，捻须吟过板桥东。岩名朝斗星辰近，石号绉云烟雾通。待渡舟横秋水上，倚楼人在夕阳中。归来且饮茱萸酒，莫放乡愁溷乃公。"逸轩公讳其渊，习举业，试不利，遂舍去，暇则喜为诗，著有《逸轩诗草》二卷。《游山晚归口占》云："暮色苍然起，扁舟一叶轻。篷高风有力，日落鸟无声。素月波中印，朱霞天半横。晴山融夕照，渔火隔溪明。"《黄昏舟过北塘》云："晚霞斜照泄晴波，缓棹偏宜载酒过。吟罢不知明月上，半塘灯火杂笙歌。"湘滑公讳廷栋，由诸生官山东兖州通判，性慷慨，有友为福建知县，亏帑被逮，因倾赀赎之归。书学苏文忠，著有《漱石草》四卷。《山左旋里，诸同寅以诗赠别，即用原韵答之》有二首："秋风偏恨别离多，忆昨尊前共笑歌。归兴甘于醇酒下，宦情薄似淡云过。辞君此日投簪绂，访我何时到薜萝。拂袖燕台尘梦觉，应知劳逸竟如何。""偷闲非佛亦非仙，吾爱吾庐任性天。只为避喧慵作吏，敢云高世欲归田。雨余山翠龙腰卧，火候泉声蟹眼煎。倘得羊求来往熟，酒樽棋局送流年。"《冬至前一日抵家》云："依然山翠枕寒流，游宦三年北海留。两袖冰霜孤客泪，五湖风雪一归舟。吟残绿树携新屐，挥尽黄金剩敝裘。莫怪囊空儿女笑，故园从此伴闲鸥。"璋士公讳廷朴，道光壬午岁贡，善书工诗，其《惠山寺》诗云："南朝梵宇灿琳琅，长史当年旧草堂。塔影凌霄山径静，松阴满地石床凉。烹泉携月坡仙迹，斜竹青莎佛院墙。闲对残僧话晴雨，不知尘世马蹄忙。"

逸 民

明末时吾邑邹仲愔式金，崇祯庚辰进士，由郎中擢泉州知府，因郑芝龙专权，遂拂衣归，隐居不出，自号木石居士，年八十二卒。著《宋遗民录》《香眉亭诗稿》。同里有乐莘字子尹者，年十二，受知于陈寒山先生，补诸生，逾十余年，即鼎革。性至孝，怀才不仕，以遗民终。寒山殉节后，子姓衰落，访旧过锡，当年趋事寒山者，皆拒绝不与通问，独子尹追感旧知，相对恸哭，取箧中金，悉资给之而去。又有严瑴字佩之者，诸生，尝读高子遗书，叹曰："吾舍是书将谁与归？"遂绝意进取，究心理学，学使张能鳞闻其名，欲礼致之，不赴；赠额，不受。或劝以野服报谢，亦不往，无愧遗民。著有《易说》《易同春秋论》。

鼠神祠

四川黔江县署不蓄猫，以故多鼠，大者尺许，小者尤繁，时游行几席间，人不敢击，呼之为先生。相传昔有土贼围城，城中粮尽援绝，赖鼠衔米以济，乃得死守全城，以是重鼠，署中且有鼠神祠焉。

摇会压毙

苏州有友人某，谈及道光时黄鹂坊巷有茶楼，多年古屋也。一日摇会者集于此，阄序既定，依次轮摇，会注罗列几上。第一人摇得梅花一色，会例全色全收，将取注矣，第二人不服，谓："尔摇一色皆五，安知吾不摇一色皆六耶？"摇之，果三十六点。第三人继进而摇曰："骰点以红色为贵，如六骰全四，我当得卢。"开视，果皆红也。满屋大哗，观者奔集，忽訇然一声，屋柱崩倒，数十人同时压毙。

儒释道

圣学源流，始于伏羲、神农、黄帝，而大于尧、舜，续于禹、汤、文、武、周公，而传于孔子。斯时也，道无二致，人无二学，犹之一宅之内，尊卑长幼，俱一家人，何分彼此？及杨墨出而渐有僭越之志，然气焰犹未盛。及孟子没而圣学不传，寥寥数百年，此宅遂为释老二氏所窃据，后世虽有一二大儒起而争之，亦仅能自立门户，彼窃据者终不能扼其吭而盬其脑也。自是儒释道遂分为三教。既分为三教，则亦仍其为三教可也，而忧之者偏欲混而一之，倡为三教同源之说，惑矣！降及今时，教之名愈多，而教之旨益杂矣。

用心良巧

镇江某大令乘舆出行，见一乡人号跳路旁，一驴絷于侧，停舆询之。乡人曰："骑驴入城，暂絷此地，顷市物以来，忽易肥而瘦矣。"大令令鞭之，驴奔，乡人追逐其后，穿街过巷，至一豆腐店而入焉。视之，则乡人之驴在内也，乃拘豆腐店人至舆前责之。乡人牵之，欣然而去。盖驴识其家，驱之使归，其用心亦良巧也。

辞名得实

士于道学，有骛其名而失其实者，亦有辞其名而得其实者。吾邑明邵文庄公勋德冠宇内，尝有言曰："愿为真士夫，不愿为假道学。"斯言也，士林奉以为格言，而后世谈道学者必宗之，所谓辞名得实者非耶！夫真假者，即诚伪之辨也。语人品则以辨躬行色庄，而贤奸由此判；语事功则以辨王道霸术，而治乱由此分。文庄之学问本领，正从此两言中做出也。

梦中惊汗病痊

汝南苏绪字道基，风雅士也。元皇统中，以事羁迹于燕，适遘疫痨,卧病于城北之翀霄观中,势已危笃,道众虑其死,扶而委置于庑下。苏迷惘不自知,恍惚中见其故友,其匆匆来,谓之曰:“诸务告竣,可行矣。”苏正乡思迫切,欣然从之。甫出观,扶掖使乘,同行出郭。约数里,天已昏瞑,友云:“夕阳西下,何停骖? 明旦启行。”苏颔之。于是共诣一村,桃柳夹植,红碧相间,绝似春景。因问友:“此为何地?时届三秋,何卉木繁盛若是?”友笑曰:“兄勿问。至时自有佳景。”须臾抵一门,状甚烜赫,如王侯巨家,回顾其友,已失所在。乃自下骑而入,及门侧,俄闻宅第中金鼓大作,如演弋阳剧,心益歆动,潜往窥之,亦无人呵止,历门三重,直达厅事。堂上银烛高烧,宾主十余席。鹄立谛观,宾席皆男,有黄冠者,有缁衣者,有冕者,有弁者,亦有草衣卉服者,贵贱老少不一。惟主席二筵坐四美人,璎珞垂珠,半遮娇面,均衣五色宫衣。筵前巡酒者,亦皆二八妖鬟,心窃艳之,立许时不闻驱逐,一时丽色惊眸,酒香袭鼻,不觉宿疾若失,而脾燥喉干,顿忘顾忌,突如而前,自言:“有不速之客一人来。”似欲就席。幸主者宽容,令坐宾席。正畅饮间,俄而钲鸣若雷,铙喧如沸,优人扮鬼十数,共执一人,当场而支解之,手足割裂,脏腑狼藉,血雨腥风,殊为惨目。苏素未睹此,不觉大惊股栗,以袂自障其面,汗如雨下,良久张目视之,寄身廊庑,盖已霍然愈矣。始知是梦,且叹其奇,因匍匐往寻道众,求粥汤饮之,不旬日而复初。后过岳庙,见寝宫塑四美人,酷似梦中东道主,奇矣! 又半年始归故乡焉。

点额无声

福中堂曾驻节四川之草堂寺,寺中多蛙声,夜噪不能成眠。中堂问:“何物喧聒?”从者答言:“蛙也。”命捕之。获其一,中堂玩视,鲜绿可喜,戏以朱笔点其额。曰:“勿许再鸣。”放之池中,竟寂然。此后草堂寺之蛙无声矣,蛙额皆有红点,鲜灼如血。

松根子

明中叶有孙庆字思敬者，毗陵人。父震，以镇抚卒于河南；母花氏，携孤归葬。庆娶于范，亦孝妇也。母以少寡蔬食，庆与妇皆不御酒肉。母尝病疡，肉腐见骨，医云："必吮而愈。"时暑，秽甚，庆吮数日，果愈。既又染寒疾，焚香吁天，愿以身代，疾遂瘳。后母终，日夜至墓号泣。墓上产灵芝，备五色云气，乡人以为孝感所至，号之曰"松根子"。

读画山房

吾邑鲍若洲先生汀，诸生，为人冲和，萧淡终身，无喜愠之色，工诗善画，名重公卿间。诗宗王韦，画仿倪云林、王孟端。没后，及门搜其诗梓之，曰《读画山房遗稿》，而散失过半矣。兹择其尤可爱者录十首。《舟中薄暮》云："寒色莽无极，依依日欲昏。天光全在水，树色半藏云。山挟清淮转，帆随断岸奔。客愁消未得，付与晚烟痕。"《怀杨金兰》云："举世无知己，佯狂溷俗尘。文章空许国，肝胆向何人。十载青毡旧，千山白发新。可能同把臂，痛饮洞庭春。"《听雨》云："春雨积春烟，春光欲暮天。客情芳草外，相思落花前。黯黯难成醉，潇潇易破眠。几人蓉水上，垂钓绿杨边。"《冬日登虎丘》云："舟行见山不见石，入山见石不见山。剑池鹤涧两奇绝，劖破山骨流潺潺。严冬山木尽赤立，悄无麋鹿苍崖间。道旁清泉煮活火，吴女一笑堆双鬟。六年不踏山边路，青鬓无情易衰素。纵无虎踞阖闾坟，不随人上真娘墓。英雄儿女总消沉，萧萧落叶声如雨。闲行且上生公台，台边顽石顽如故。我道生公不如石，请看石在生公去。"《乌江项王庙》云："末路英雄见性真，虞兮歌罢泪沾巾。羞将面目还东土，拚得头颅与故人。毕竟千秋谁是汉，果然三户已亡秦。昔年转战伤心地，古庙荒凉对水滨。"《红心驿送春》云："飞絮飞花糁客程，尽将春恨与行人。红心驿畔红心草，也染腥腥送客行。"有《青溪杂诗》十首，录四："小姑祠畔月苍凉，银碗金簪总断肠。莫把箜篌歌落叶，人间尽有客思乡。”“玉树流光日已昏，后庭花落泣芳魂。清溪常似青铜镜，逗出纤纤月一痕。”“莫愁湖上泛轻舠，今古闲愁积未消。我欲临风问湖水，如何却有去来潮。”“几多衰柳向人低，秋雨秋风路欲迷。有限繁华无限恨，玉箫声在板桥西。”余高叔祖蓉川公讳沆，其门下士也，喜为诗，著有《古痴草舍诗稿》。《春斋病中》云：“地偏人罕至，春仲漏方长。雨洗道心净，风侵病骨凉。养生惭叔夜，遗世学蒙庄。辜负山西路，村村桃杏香。”《新正有作》云：“是身如浮云，是心如太虚。浮云自舒卷，太虚常廓如。人为境所累，念念易其初。心兵一以动，是物能相驱。察物不留物，枳棘吾广居。人生亦幻耳，万境皆蓬庐。夷险任所遭，顺应自有余。”《若洲师入都，应拙修嵇大司空聘教其子，作诗送别》云：“龙峰燕市路漫漫，国士酬知跨玉鞍。秋日一帆淮浦冷，晓霞八月板桥寒。连床细数离人梦，樽酒重联旧主欢。独恨长安隔千里，春风欲坐总艰难。”《倪云林墓》云：“苍然坏土冷云飞，高士精灵此地归。世上浮名诗画在，山中寒食子孙稀。祇陀旧阁留遗迹，震泽移家早见几。当日公卿化磷火，思量谁是复谁非。”

俭能惜福

俭之为益，非仅省财，惜福必多。尝见富贵子弟骄奢，动与疾病相值。勤耕务织劳力者，往往康强，由惜福也。况纵欲败度，人之大患，凡声色货利，可以启骄奢淫佚之弊者，当于起手处力防其渐。

妙　对

绩溪有某，忽为张桓侯所附，力猛甚，往往毁物，旁人莫不患之。某生者祷于桓侯，谓：“有一对能对否？”桓侯曰：“试言之。”生曰：“神是神，人是人，神何可附人？”良久乃云：“尔为尔，我为我，尔焉能浼我？”生曰：“神之勇夙闻，不知神之文如是。”神笑曰：“倩纯阳代对耳。”于是遂寂。

以正克邪

湖南湘潭县西南五十里有石村，陈恪勤公故宅也。相传公幼时骑竹马诣塾读书，以竹置道旁土地庙。祝云："烦土地公公看马。"既夕放学，仍骑竹马归，日以为常。塾师梦神告曰："令徒陈大人每日令看马，使我寸步不敢离，奈何?"一日暑夕，访友坐豆棚下乘凉，其友留夜饮，自携壶去贳酒。忽见一少妇踉跄而来，神情闪烁，将入门，低首拜，拜毕，似有所遗，径入内，公取视，绳也，嗅之臭不可闻，取火爇竟，少妇出，觅不得，怒向公索，吐舌披发，吹气甚冷。公亦鼓气吹之，胸穿若洞，随吹随灭。友人归，公嘱速往视，则其妇已悬带床头矣。解之，气未绝。询之，始悉友人欲假其头上钗换酒，不允，友批其颊，拔钗而去，方忿怒间，即有鬼劝其就缢。非公，则几不及救矣。

孝子孝孙

明末徐纯忠，字存峨，毗陵安东乡人，沉毅笃孝，燕居无惰容。知天下将变，曰："仕而避其难，负吾君；不避其难，负吾亲。"遂绝意仕进。母沉病，割臂和药进，病即痊。同学生父死河南，贫不能奔丧，日夜泣，纯忠竭力助之行。尝避盗，出，为溃卒所得。忽一卒突出，呼曰："若胡为缚孝子？若不知有存峨徐先生耶?"众愕然，问故，皆欷歔云："真孝子。"群送之归。明亡，杜门不出，年八十卒。其同邑有董琮，字礼坤者，性孝，因群盗纵横，举家匿避。祖母年八十余，为盗所获，琮挺身出护，谓："祖母老而贫，幸释放，我有私藏，当以相奉。"盗信，释焉。令掘所藏，无所有，乃言："欲脱祖母耳。贫家安得有藏?"盗怒，将杀之，其党有一人曰："孝孙也。"遂释之。父病，琮刲肱为羹进，不愈，哀毁成疾卒。

罗公轶事

理学亦何可厚非？惟真伪不可不辨。真之一字，惟罗忠节足以当之。其夫人目瞽，伉俪甚笃，不置侧室。在长沙购得所谓“一字牌”者，人疑其无此癖，则曰：“家君好为叶子戏耳。”又闻其箴规友人高云亭，苦言至于垂涕而道，真意流露，表里如一。所著不仅言理之作，凡天文舆地、律历兵法及盐、河漕诸务，无不探其原委，真可以坐言起行为有用之学者，而至性亦复过人，可谓笃行君子矣。

有先鉴

刘容，云南人，未详何郡。其乡有土豪，夺一良家妇，妇之夫踵门哀求，豪杀之，乡人不敢问。时容方九岁，闻而不平，入夜，怀刀逾墙，斩豪首，归以告父。父大惊，欲絷以首官，容竟亡去，投甘肃提督马如龙之营，自请从戎。马异其幼，收之麾下。时回部势猖獗，一日马出战，为贼困围，容挟弹飞骑往，连毙数人，马得突围出，于是奇其胆勇，欲用之。容因请将兵自效。即分兵千人配之，累战有功，十三岁保至副将，寻借补参将缺，居官五载，遂解职。泛海遍游海外诸邦，熟览山河形势，一一识之，至于印度而止焉。乙亥岁游于鄂吴迪，先太史与之遇。其人躯干短小，而鸢肩火色，凛凛有英气，尝言“十余年后，朝鲜必有倭人之祸，中国并受其害”。当时闻者咸疑之，未几，果有甲午之变，其有先鉴乎？洵将才之卓卓者也。

育婴变通法

湖南湘潭县育婴堂，向雇乳媪百余人，经费既已不赀，而乳媪皆有子女，仍乳其所生者，而私以饭汁饲所养婴儿。邑绅某，见其面黄肌瘦声嘶，啼哭不止，不久即当就毙，因变其法，凡送婴女来堂者，给予腰牌，按月领钱六百文，并给以衣裙棉絮，仍交本妇自乳抚养。既久，母子之情益笃，断无有忍弃之水滨者，若一二年后，即将腰牌掣回，以是增额数百名，费省而事更无弊。

寻 亲

王襄,武进人,顺治举人。父道洽,明季与族叔游广东不归。襄入广求其父,比至,则父与叔皆前卒。得父友指葬处,乃扶柩返。母疑非真,命异日勿合葬。未几,棺盖裂,窥见道洽须眉如生。襄授徒养母,在馆忽心动,疾驰六十里归,适邻延烧襄舍,母悸不能起,急负以出。时同里有吴飞鸣者,县学生,父懋云,官于福建,明亡,弃家遁。飞鸣入闽访求,夜行昼伏,备历困苦,两载始相偕旋里。又有庄汶,字鲁修者,七岁父出不归,十五岁辞母寻之,阅十五六年,足迹遍天下,终不遇,念母老,乃归娶终养。更有事亲甚孝之赵明侯,康熙间征闽之师过境,游兵縶其父去。明侯昼夜奔驰,至苏州枫桥,见其父踉跄马后,抱之大哭不止,皆环视叹息曰:"孝子也。"释之。其邑复有寻母者二人焉。王志荣,幼孤家贫,母周氏,因岁饿乞食,为人掠卖。志荣稍长,矢志寻母。求乞遍访,誓不遇不还乡。历安徽宁国、太平至繁昌,竟得遇之。目已盲,负于背,逾越险阻而还。许秀章,生三岁,值大饥,母鬻于山东贾氏。迨父殁,售产往寻,人止之,答云:"前之不往,为事父也。今可迟乎?"至山东,阅两年始得见,相持痛哭,请返家乡。母以有后子而家温给,不允,泣别而回,而终身念母益切也。

善为德基

有利于人皆谓之善,有损于人皆谓之恶,不必显征于事也。一念之起,鬼神如见,不愧屋漏,君子所以慎诸幽独。凡人发念,大都专求利己,故恶多于善,久之习惯,尽流于恶。所当于童稚时,即导以善端。童稚无善可为,但节其嗜好,正其爱恶,使之习于驯顺,不敢分毫恣纵,自然由幼至长,渐渐恶念少而善念多,可谓树德之基矣。为善必昌,蕃后之本,端在于是。节录《龙庄居士教子孙语》。

节 妇

曹代何，无锡人，疾笃，颇以其妻钱氏年少为忧。氏曰："他日相见地下，还君白玉。"夫颔之。殁时氏年二十四。后八十五，忽梦夫索白玉，自知将死，晨起更衣而蜕。同里有华节妇某氏者，性迂拙，寡言笑，有念珠一串，族子诨窃之，质钱于族人岐宫。节妇访知之，遣人取赎，岐宫利其值之奢，辞以无有。俄而雷雨大作，震霆绕其室作声，烟焰迷漫，家人对面不见，岐宫大惊，送还其珠，雷电始息。

设柜求言

曾文正在徽，置一柜，凡言地方利弊，悉投其中，不必列名，于是告讦之风大起，人患之，求于老讼师。老讼师曰："不出三日必停止。"众疑之。及第二日，果撤回，盖讼师日写数十无名之禀，皆痛詈文正者，文正不能不阅，又无可查究，此令遂停，讼师之心可谓巧矣。

英雄无理学气

江忠烈少时游于博，屡负，至褫衣质钱为博资，间亦为狭邪游，一时礼法之士皆远之，有识者独决其必有所建竖。其用兵以略胜，在中兴诸公之右，至今名满天下。初至京师，人未之奇也，惟黎樾乔侍御一见即言"此人必死于战场"，人亦不之信，亦不知其以何术知之也。其下第回南时，三次为友人负柩归葬，为人所难为，曾文正以此赏之，令阅儒先语录约束其身心，忠烈谨受教，然其冶游自若也。历代史书所载人物，跅弛不羁之士，建立奇功者有之，至号为理学者却少，概见如胡文忠，以纨绔少年，一变而为头巾气，亦不舍时趋。究竟文忠之所以集事者，权术而非理学也。

遇急须机变

道光时，方蔚卿先生公车北上，行山东道中，薄暮投某店，车装先入，徘徊门外，瞻眺景色。有一童子信口言曰："又一死鬼至矣。"先生触耳惊心，邀其至僻静处，与白银少许而问之，童子密告云："此家但见车之入，而不见车之出。"闻之甚惧，欲另觅善地，而行李已安，他徙反滋疑衅，且时已昏暝，难以趱行，乃问逆旅主人姓名，答言：店主某，六十余之老翁也，有二子，平时浪游江湖间，去年因父死，其子乃归籍父业，而结交者皆虬髯虎面之流，倏来倏往，莫测其由。因又详问主人状貌，乃遣童子去，入门即呼主人姓名，其子出，答曰："已去世矣。"先生又佯为伤叹之辞曰："我前届入都曾寓于此，与尊翁谈甚洽，临别依依，坚订后会。今日迂道来兹，冀申契阔，不意室犹依旧，人已云亡，能无悲怆！"言次，以袖掩泪，出银数两，托其子备酒馔、市香楮，奠而哭之。祭毕，询问家常，其子即以祭品飨客，殷勤备至。五更就道，其子挽留，以试期迫近告之，酬以寓金，不受，送至十里外而别。试罢归家，诫其子弟曰："出门人不可无机变。"

报父仇

毗陵有夏序功者，秉性孝友，父与里人有隙，人乘逐盗杀其父。序功幼，哭泣不欲生。既长，挟一锥，日夜磨淬，佯与仇善。母殁，叹曰："天乎！可以行吾志矣。"邀仇饮醉，以锥杀之，事觉，执其兄，序功即自诣狱，知县尚昂叹为奇男子，欲宥之，未几，卒于狱。

承平艺事

陈曼生、万廉山两司马，皆以名士为河官，两家宾客之盛，连襼接袂，常数十人，金石书画，无不充牣精好。陈作宜兴茗壶，形制仿古，各镌铭于上，或间以花草，每具贵至数金而不可得。万则以秦汉碑百种，缩摹于端砚之背，虽斑驳断裂，皆毕肖，一时惊为神技。承平时，士大夫游心艺事，一至于此，亦宦途之佳话也。

项庙题壁

粤难时，有故家子流落至宿迁境内，日则行乞，夜则宿于同里之项王庙。同里，项王故乡也，与沛公歌风之乡相距不远。故家子题诗于壁，中二联云："子弟空余桑梓恨，英雄尚有钓游乡。学书学剑名千古，争霸争王梦一场。"词意清切流丽，洵题壁诗之佳者。

孝能裕后

孝量无尽，而不孝易见。孩稚稍有智识，父母即取坊本刻像二十四孝故事为之讲解，冀迪其良知。又费几许心力，方得授室成人。世风浇薄，一有室家，即置父母于不顾，专为妻子惜力，靳资财如性命，视手足为途人。甚且发于声不仅诽于腹，纵为父母者，隐忍不言，天能不夺其魄乎？故有孝而不报者，未有不孝而不报者。孝而不报，必孝有未至。不孝之报，则其子眼见其父之所为，必且过之，孙则更甚于子，一再传之，后欲求一不孝之子孙[①]，亦不可得矣。以是知孝能裕后[②]，洵非虚语。世人其猛省哉！节录《双节堂庸训》。

江底取物

有某由京口附舟渡江，行至中流，赴船后剔洗水烟筒，而烟筒头失手坠水。时顺风张帆，舟驶方急，水波汪洋，望之喟然。旁一老者曲背伛偻，笑曰："可以取之。"某云："江天无际，深不见底，奚术以取？"老人言姑试之。乃出长绳约十余丈，绳端系一钩掷江中，手松而绳去益远，复以手收之。绳既尽而烟筒头出矣。某大奇，叩之曰："此何术也？"老人笑不答。问以姓名，亦再三不答，殆仙侠之流亚欤。

---

① "不孝"：疑衍"不"字。

② 此句前疑有脱文。

跪墓读书

林永余，字子裕，武进孟河人，六岁丧母，每塾中归，必抱书跪墓门长诵，朗朗有声。诵已，辄号泣，以母生时喜读书声也。事继母甚谨，父疾笃，刺指血投词于神，病有间。越三月殁，哀毁如礼。

方　靴

乾嘉间，翰林至清苦。有黄霁青，己巳传胪，至庚辰，始授广信府。十余年冷署，出门皆步行，否则赁骡车，从无有自豢车马者。同辈皆然，不独一人也。京师有谚语“上街有三厌物，步其后有急事无不误者：一妇人，一骆驼，一翰林也”。其时无不著方靴，故广坐及肆中见方靴，必知为翰林矣。道光一朝三十年，莫重于翰林，有非时召见，即授道府，不数年至督抚者，起居服食局面一变焉。

以孝弟诲人

梅魁，字香岑，温州人，诸生，品行端谨，事亲竭诚尽敬。父疾，衣不解带者数月。父丧，寝处苫次者三年。母殁，亦如之。兄弟二人，童年友爱，白首无间。性情恬淡，临财无苟得，待人以诚，非义辄侃侃以争，授徒成材者众。课读之余，谆谆以孝弟为诲，乡里薰为善良。

放雀获报

镇江范某，其妻病痨瘵濒死，医者曰：“用雀百头制药末饵之，又于三七日服其脑，当痊。然一雀不可减也。”范依言聚雀而笼之。妻闻之，恚曰：“以吾一命，残物百命，虽死决不为也。”开笼放之。未几病自痊，且得妊生男，男两臂上各有黑斑如雀形。

茅篷庵

余曾王父赞皇公讳宏楣，少好学，假惠山茅篷庵读书者数年，图书一室，手不停披。喜作诗，著有《研存剩稿》，经粤匪兵燹遗失。记幼时见其山居，即景云：“境僻红尘隔，山斋乐趣多。倚楼明月近，掀幔野云过。指点松楸静，胸扪星斗罗。久疏裘马客，聒耳只樵歌。”《春斋闲咏》云：“明媚韶光景物新，桃红柳绿倍精神。日高犹睡莺呼梦，春好不游花笑人。种竹艺兰聊避俗，敝衣蔬食且安贫。问心何羡荣华境，自有诗书养性真。”《偕友游五里湖》云：“画船逐浪晓霞催，结伴游湖洵快哉。鸟自花间唤客出，山从天外送青来。碧波万叠掀渔艇，绿柳千条漾酒杯。指点水居风景好，迷离树色隐楼台。”

行善得报

浙江盛唐，号陶村，其祖越湖封翁在杭州开盐厂。一日，有桐庐县诸生投之，不相识也。留住数月，始知其被仇陷害，缉捕将至。封翁急挈之归家，藏夹墙中年余，其妻子亦逋逃继至，封翁并收之。又年余，事平，始送回。后陶村于嘉庆乙丑成进士，救人必有报也。

精　医

毗陵蒋国佐精医，知府骆钟麟子病黄疸，莫能治。国佐呼其乳母，询知三岁时尝食池边螺数枚，投以鸭涎下血，裹螺出，霍然愈。里有产妇死，将葬，棺薄流血，谓血鲜可活，以针刺妇胸，得苏生子。又牛触牧童，腹肠尽出，乃以米泔洗肠，纳之腹中，敷药得不死。

匿银丧命

道光辛丑夏，河决祥符口，城内外皆成泽国，田庐男妇漂没者不可数计，大府发银赈济，使某丞任其事。某领银四万，先将二万匿于家，以二万驾舟往。时遍地皆水，由城堞上登舟，忽遇暴风，舟覆，救者得某丞尸，失其左腿，银则尽数捞出，核之领数，仅得其半。其事遂上闻。大吏委员，察其寓中，则二万银在焉。

善恶均有天鉴

沔阳王烜，家极贫，遇考试，辄卖卜于市。妻张氏性慈善，邻有生女欲溺者，抱养之，如是者再。乾隆间，同乡某生，梦神告曰："今科本省解元是育婴者。"醒，以为异。及揭晓，领解者王烜也。某生细询烜，乃恍然于神示之不爽。同时长沙有农民米上西，晨出，见道旁置一小篓，内贮女婴，并布一匹、银十两，附生年月日一纸，此盖势必难留，作此曲全之术，冀遇者收回抚养。讵料米竟沉女于河，取银布以归，未过百日，为震雷击死。吁！杀人取财，有不上干天怒者乎？

还金成巨族

江山县绅户，乾隆间以王家为最盛。相传其先人某，居贫门内，只有茅房一间，为其祖业。一日早起，打扫茅屋，见有小包裹，检视之，内有五十金，知为过客所遗，坚坐门首待之。俄有一人踉跄号哭而来，诘其故，即失物者也。自述此系假贷而来，缘其戚为人诬，扳入狱，拟以此分赂守者始得释，今不得金，则某戚行将毙狱，其妻与子皆无以自存，我无以对某戚，又何敢独活？此金实关系四命，故如此仓皇耳。语毕复哭，某即出前物还之。其人详询姓名，拜谢而去。逾年某葬亲，届期扶柩而行，距穴地近半里许，适大雷雨，水暴涨，柩不得前，即安放于中途隙地，而雨愈暴，水愈大，走视圹穴，已被水冲破，不得已即就隙地累土成坟。逾年，其家骤起，入泮宫登乡荐者接踵而来，竟成城中巨族，佥以为还金之报也。

窃银十倍还

乾隆时吾邑有华姓，挟三百金将贾货淮海间，舟过丹阳，见岸上一负重囊客呼搭船甚急，怜之，令停船相待。舵工摇手曰："此地匪人最多。"华固欲纳之，舵工不得已，迎客宿于舱。将抵丹徒，客负囊出，曰已近戚家，遂谢去。顷之，开箱取衣，箱中三百金尽变瓦石，知为偷换，懊恨无已。私念金已被窃，不如归家，乃呼篙工返棹，许其值，仍如到淮之数，舟人从之，张帆而归。过奔牛镇，又见有人冒雨负行李搭船，舵工睨之，即窃银客也。即伏舱内，而令水手迎之。其人不料此船仍回，天晚雨甚急，又不及辨，持行李付水手，身跃入舱，见华在焉，大骇，狂奔登岸，失足落水即沉。发其行囊，原银三百如故，外有珍珠百十粒，价可数千金，而华从此富矣。

义举昌后

江西临川县李亶诚封翁，少时极贫。尝除夕避债族人家，为其家奴辈所斥，天明负气出，以一袱一伞游粤西谋生，稍得赢余，而素性任侠，随手辄罄。后随客至交趾，市肉桂，归售于两粤间，往返数四，得八千金归。途遇太平郡某丞，素所善也，见其颜色惨沮，问之，泣云："我权某县时，因公移挪库项八千金，为新任所揭，将监，追参革，身亦难保。"翁言："吾橐中金，适符此数，可取去，无戚戚也。"丞曰："君半生辛苦，始得此金。今素手而归，我何以安？"翁曰："我无此金，可图再举。君无此金，则身陷不测。"竟委金于丞，疾驰而去。丞得金，事遂解。翁归，乃改为猗顿之术，不数年富甲一郡，连举丈夫子十余人。水部郎芸圃先生其最少者，其长孙春湖先生早岁成进士，以翰林出身，官至侍郎，子孙昌炽，何莫非从行义中来耶？

孝孙瞽复明

浙江永嘉县有麻建申者，少孤贫，祖母抚之，年二十而盲，事祖母孝。冬无絮被，以身温榻；夏无帷帐，以身饱蚊，数十年不衰。祖母八十余，将死，叹曰："死而有知，当令汝目复明。"建申周甲后，夜梦以药敷其目，醒则果复明，语其弟云："久不见弟面，须发已皤然矣。"盖同居数十年，今始相识也。一时传为美谈，年七十三卒。

为母温被

蔡敦复，武进钦风乡人，幼孤，朔望必至墓所，呼父再三，不忍去。事母孝养尽力，天寒为母温被，母促之起，命妇偕母寝，妻亦奉姑不怠。母疾，敦复侍床褥，目不交睫者月余。疾亟，皇迫无措。母语之曰："汝孝至矣！若伤尔体，重伤我心。慎勿割股也。"乃吞声唯唯。母殁时，敦复年六十三矣，结草庐墓，每恸辄仆，以毁卒。

潘家阴德

苏州潘芝轩相国，其祖某翁，业鹾，家裕。每腊月中旬后，取白金二三百两，各称小包三五两不等，身被旧褐衣，走乡中僻巷，察其无计度岁者，量给与之，人不知为谁也。又尝于除夜，见厅事前有匍匐黑暗中者，烛之，乃邻家子也，忸怩言："某不肖，好赌博，负债累累，今夜索逋者甚急，不得已欲行窃，既被获，乞饶命而已。"翁悯之，问："须若干金了债？"答言："十金。"翁曰："何不早告？"乃出二十金与之，谓："以一半偿债，以一半作小经纪。但愿汝戒赌，勉为善良，誓不以今夜之事告人也。"其人泣谢去。后翁得一山地，堪舆家咸谓"状元宰辅吉穴"。葬数年，榕皋、铁华两先生先后成进士。至癸丑，芝轩先生大魁；乙卯，榕皋子世璜探花及第。未久，芝轩先生子又登科甲焉。

不妒获福

吴江陈海霞尝言同里某氏，适邑中赵某，赵私一仆妇，有身，氏故有子，知其故，乃匿之于内，诈为己孕，候其产而留抚之，人鲜知者。后仆妇所生子中某科举人，选嘉定教谕，氏得封，而己所生子夭亡久矣。向使不留其子，则宗祧斩。此殆天之所以报不妒者乎？

贤　妇

有周某以刻薄起家，为子娶妇，初入门即以斗斛称尺等物各两件，谕行入多出少之法。妇涕泣求去，谓翁所为有逆天道，后代必育不肖子破家。周某悟曰："然则改之如何？"妇问用此几年矣？曰："二十余载。""必欲留妾，请反用二十余年，以偿昔日欺诈之数乃可。"周某诺之。后生二子皆登第，此妇以巾帼而能干蛊，洵女丈夫哉！

劝惜字

钱塘诸生朱坎泉，客游某省课徒，见其居民不知惜字，糊窗抹桌，践踏污秽，恶习相沿，乃力劝。居停，捐赀收买有不洁纸，手自洗涤焚之，逢人劝谕，竟移其俗。后坎泉长子澜入翰林，次子瀛登乡荐。夫一人惜字善有限，使人人惜字，则其善溥，宜其获报之隆也。

孙氏阴德

吾邑孙平叔制军，久宦闽省，有遗爱，谥"文靖"。未释褐时，邻有老嫠妇不戒于火，延烧十余家，嫠妇焚死，家乏余丁，烬余之尸任其暴露，其十余家旋复营造，将残砖破瓦悉堆于其骸之上，公见而怜之，独出数十缗，令匠移去砖瓦，起出遗骸，买棺敛埋之。又值邑中荒歉，饿殍载途，官方议平粜，而富户吝于出谷，互相推诿，公时家中落，将古瓶一对售得数百缗，于前后门各设一厂平粜，由是殷实之家感愧，竞相效之，借以活者无算。次年，公成进士，入词垣。

白卷中魁

句容某生，博学能文，好济人急。值乡试，无赀，得亲友赆仪十余金，抵省，寓地藏庵，闻邻舍有老妪失养、不得已而卖媳者，哭甚哀，讯其子，则多年远出，生怜之，诡作其子家书，言久商获利将归，先寄银十两以资家用，明发投之。妪得银，事遂解。生借贷入闱，梦神告云："子必隽矣！然须三场俱曳白乃妙。"醒而以为荒唐。题纸下，方欲握管，恍惚有神呵曰："子欲落孙山耶？卷有字，榜无名矣。"生仍不信，静坐构思，而心如废井，抵暮不成一字，昏昏熟睡。及觉，见出场者踵相接，亦交卷出，视蓝榜无已名，乃勉入二三场，遂坦然曳白。揭晓则高标第二名，正错愕间，有飞骑递某令札至，启视闱稿悉具。令固名进士，由庶常改外派作收卷官，见闱题，技痒难禁，默成三艺。适接生白卷，袖归寝所，疾写发誊，惟恐生不再来，继得二三场俱曳白，始终完其卷。生诣谢，令笑问："君何惜墨乃尔?"生以梦告。问有何阴德?谦言无之。固问，因微言场前寄银事，令拱手曰："是矣！子代人作家书，天遣余代子作场艺，又何谢焉!"报施之巧如此。

雷　击

吴江有顾老绍者，以酿酒为业。一日见酒缸中死一赤练蛇，心知酒已被毒，必害人，而吝惜赀本，不肯弃去，仍与伙严姓者分贮十余瓮，将出售，忽震雷，击酒瓮尽碎，无一存者，而人俱无恙，顾始大悔。可见一念之不仁，已上达天听，能不儆惧哉?

写离书削科名

宁波葛观察为诸生时，每赴学塾，过路旁一庙必揖，神托梦于庙祝言："葛状元过此必揖，我起立不安，为我筑一屏于门。"将鸠工，复梦云："无庸，葛代人写离书，已削科名矣。"盖里有弃妻者，得其一金代为之。葛闻庙祝言，为力完其夫妇，后登乡榜，官至监司而止。

不敢负恩

凡人烟辐辏之区，遇吉日嫁娶恒十余起。一日，两家俱嫁女，一巨富，一极贫，至中途相值，雨大至，舁者各以彩舆置邮亭中，四散为避雨计。贫女于舆中哭甚哀，久之，富家女亦心动，遣媵婢问之，云："女子适人，离父母，远兄弟，诚大苦，然何至伤痛乃尔?"贫女言："我母家故穷，所适又乞人子，明日即不知何若，以是悲。"富家女为之恻然。俗于嫁娘，两袖中必置坠重物，谓之压袖。富者袖贮荷囊二，各缄金锭一，约重二十余两，乃出，使婢纳诸哭者之怀，语以"萍水相逢，无可为赠。持此谋馇粥，或不致遽冻馁”。受之，正欲问姓名，雨霁，舆夫集，两两分路。贫女嫁后，出金俾夫权子母，初为小经纪，继作大贾，家骤饶裕，广市田园，然所置田屋等必析为二，众莫解其意。性好施与，一乡称善人，顾艰于嗣息。逾十载，始生男，择乳媪哺之。初来时，诸婢仆指屋后楼三楹云：“每清晨主母盥洗毕，即捧香屏从人诣其上，汝慎勿登。”渐所哺子能行走，忽攀跻欲上，阻之，则号跳，不得已从之登入其中，则空洞无物，惟设香案，南向一龛，障以幕，揭示久之，不觉失声哭。众闻声告主母，争讯之，言：“小郎欲登，恐其蹉跌，匆促间不及细思，应如何示罚，惟主命。”问：“何为泣？”媪挥泪云：“适见其中所悬荷囊，与我嫁时压袖者相似。是日行至途中，并所贮金赠一嫁娘。尔时母家夫家皆极盛，不知财物为可贵，不图今日落魄至此。”语罢复泣。主问：“汝嫁为何时？”以某年月日对。问：“是日遇雨否？”答言：“不雨，则我之荷囊固在也。”闻而默然。因使人寻其夫来。次日，张灯彩，召梨园，若将宴贵客者，并召其族人皆至。届时堂中排二席，设两坐，旁列二几，堆簿籍高尺许，命四仆引其夫升堂，命四妇扶媪自室中出，令二人上坐，主人主母倒身下拜，拜已，起而言曰：“囊蒙赠金者乃我，贱夫妇非受赐无以有今日，藏庋荷囊，示不忘也。日日顶礼，冀相遇也。财分为二，不敢专利也。今幸天假之缘，不致负恩殁世，此田产簿二分，愿存其一，而以一归还。”并示族人，不得有异说。翁媪慌遽，惟同声连称“不敢不敢”而已。乃促坐定，奉酒卮，筵开乐作，至二鼓，挑灯送归所居之东院宿，凡几案衾榻，与自居者无少异。媪初生女寄养他人而身出为佣，至是迎归，后长成，遂以字其所乳子，两家世为婚姻，如朱陈村焉。世或疑其坐享几于悻获，不知皆其恻隐赠金之念所感召也。而贫女暴富，即矢图报心，宜天之阴相之矣。造物岂妄与人以福泽哉？

名医好施

毗陵蒋斌，字良佐，善医，决死生多奇验。张某病剧，诊之，谓所患即瘥，十年后当死。如期发疾卒。徽贾某以微疴就诊，曰：“二十日后不起矣。速归，可与家人相见。”卒如所言。斌轻财好施，客山东，尝泊舟临清，值大旱，流亡集水次，人给钱三百，囊中金数百顷刻尽。遇海宁周某，倾盖欢甚，知其壮未娶，以六十金畀之，其豪迈率类此。

龙来

林龙，永嘉县农家子，性愿朴，年十四，父卒，事慈亲至孝。妻陈，不合慈亲意，出之，续娶周，又不合，再出之。家贫，为人佣，因慈亲多病，每日恒三次归视，于佣所得值仅取三之二，谓：“我多往返，恐妨所事，愿薄受焉。”有食以鱼肉者，必舍以遗母。或竟日始得归，未及门，辄呼母曰：“龙来龙来。”母年八十余，一日忽蹶仆，濒于死，涕泣祷于神，渐苏，自是不敢稍离，齿尽不能食，以口哺；目病无所见，以舌舐之。及卒，呜咽语邻妪云：“母素不能行，凡衣食无不待我，今踽踽泉壤，苦何以堪？愿相从于地下。”遂绕墓号泣，自经而死。

救难巧报

嘉庆初年，山阴陈某赴省试，舟泊萧山之西兴驿，忽闻街市火起，登岸往观，见火光中一女子身无半缕，蹲伏于地，羞惧无以自容，陈急取一袍掷之，女得蔽体，而家人星散，无所归，号泣求救。陈使宿其舟之头舱，终夜不交一语，晨起访其母家，掖之归，彼此匆匆，不暇问姓名，衣亦未还，遂渡江去。及入场，文思甚涩，忽闻邻号呻吟声，窥之，一生病笃，谓之曰：“余文成而病，不能写，惟交白卷求出场而已，子为我检点考具，感甚。”因为之料量毕，生问：“君文如何？”告以故。生言：“余文已无用。感君之义，即赠君。”既受文，遂扶生出。归号，录其文，揭晓，竟中式，遍访，无知生者。后以大挑分发安徽，晤一候补令，似相识，谛视之，即昔患病某也。各叙往事，乃知某即萧山人，是年出场，病旋愈，次科亦获隽。陈往谢之，偶一回首，见檐下有晒衣，则前赠之袍在焉，不觉屡顾。某疑而问之，陈言其始末，某恍然曰：

“信哉！君所见女子，即内子也。遭回禄时尚未嫁，及归余，笥中见此衣，内子为余言昔遭火厄，幸遇一士子，掷一衣得蔽体而归，彼此匆匆，姓名不暇问，衣亦未还，每呼负负，故夏日必晒而藏之，将以报也。盖君之遇我，我之赠君，实君之阴德所致，冥冥中假余手以报之，非偶然矣。”语毕，呼妻出谢，从此来往如通家焉。

劝 孝

杭州有某，患病甚笃，魂已离舍，恍惚至冥司，遇一吏，乃其故友，为检籍，蹙眉语之，云：“子忤逆父母，法当付汤镬狱，幸寿未终，且去，俟寿终再来。”某惶怖求解，吏谓：“此罪至重，我何能解哉？”某泣求不已，吏沉思良久曰：“谚云‘解铃还赖系铃人。’得罪父母，急以孝顺父母，忏悔或可挽回耳。”送之反，汗大出而愈。即向父母备陈所遇，从此婉容愉色，侍奉惟谨，并戒妻温清无懈，颇得二老欢心。及二老没，丧葬如礼。后年逾七十寿终，想缘孝顺挽回也。

农人积德

有佃户钱益者，其主人因谋占邻田不遂，心生毒计，令益以稗子撒邻田中。益语妻云：“竟撒则害人，否则逆主命，将奈何？”妻曰：“何不以蒸熟稗子代之？”遂依行。其主察之，见已撒而止，而邻田毫无所损。后益生子登进士第，夫妻皆受封偕老焉。

人自壁出

旌阳任某赴金陵应试，独赁报恩寺之南厢，耽其幽寂，洒扫布榻，抵夕就寝。案置一灯，光荧然。忽见东壁仿佛有人影徐徐而下，身短且肥，黑衫皂靴，手执蕉叶扇，且扇且笑，周室旋走。俄见其人向西壁一揖，则复见一影徐下，修短状貌，衣冠悉如前者。两人左右往来，摇扇不已。又见两人各向壁一揖，复有两人俱下，形貌悉同。四人者，复同揖，则又有四人下，满室走且舞，扇声戛戛然，风气阴冽，灯光渐隐，碧色如豆。某初不甚惧，至是始觉肌战心栗，犹幸其不近榻前，并有帐以卫，或无害也。方注想间，则见八人并立，向榻而揖，帐忽自开，某仓皇大呼，冲奔而出，彼亦不追也。某闻殿上钟鼓乍动，知老僧作夜课，急趋投之。老僧禁勿言，乃勉就方丈卧，天明移寓他所，其为何怪，终不能知也。

书体渐变

馆阁书逐时而变，皆窥上意所在。国初圣祖喜董书，一时文臣皆从之。雍正乾隆间，皆以颜字为根底，而米赵间之，福泽气息无不雄厚，俗语所谓“方光圆黑”是也。嘉庆一变而为欧，道光再变而为柳，咸丰以后，则不颜不欧不柳，近且多学北魏，易流于险怪矣。

禽　言

吾邑钱勖，字揆初，咸丰乙卯顺天举人，少负才名，著为诗歌骈文，沈博绝丽，曾拟乐府《禽言》八章，其一云：“行不得也哥哥，男人祈麦女祈禾，一年耕种村农苦，谁家歌舞落花多。”其二云：“提葫芦，提葫芦，田耕老父，馌饷阿婆，牛马果为谁作苦，儿孙醉倒田头扶。”其三云：“咄咄怪，今年田夫大狡狯。雨过麦拔心无忧，归家乞火向邻话，咄咄怪。”其四云：“不如归去，提得锄头向村路，身无完肤，衣无完布，蓑笠且归来，门少催租赋。”其五云：“麦枯麦枯，大雨如珠。十日九雨烂麦稃。大儿啼饥，小儿待哺。莫嫌麦饼焦，雨止累亦无。”其六云：“於忽乎！於忽乎！年丰岁稔，官不催租。田中泥深还没驼，新妇饷饭拾田螺。”其七云：“脱却布裤，犊下土高，绿阴满路。家家饷得耕田具，脱却新绵还典库。”其八云：“泥滑滑，车轧轧，千顷新苗女手拔。大雨来时，檐啼老鹘，泥滑滑。”

先贤授琴

先贤子游，墓在常熟县虞山之巅。前明万历间，有樵者过墓上，见一叟衣冠甚古，独坐鼓琴，樵者掷斧柯听之，叟欣然曰："汝欲学耶?"因令每日过墓，授以清商数曲。后樵者于昭明读书台下闻有达官贵人鼓琴为会者，亦倾耳听，已而笑曰："第五弦尚未调也。"鼓琴者曰："汝何人？亦解此耶?"试调其弦，果如樵者所云，遂令其一再弹，则泠然太古音也，大惊异，为易冠巾，与定交。问其所从学，乃以实告，因询其衣冠状，乃知所见者为子游也。常熟严太守天池之琴，至今名天下，而其传实自樵者，故海内推为正音焉。

生瑜生亮

"既生瑜，何生亮"二语出《三国演义》，实正史所无也。而王阮亭《古诗选凡例》、尤悔庵《沧浪亭诗序》并袭用之，以二公之博雅，且犹不免此误，今之临文者，可不慎欤!

画　龙

周璕字昆来，江宁人，善丹青，康熙中以画龙著名，尝以所画张于黄鹤楼，标其价曰"一百两"。有臬司某者，登楼见之，赏玩不置，曰："诚须一百两。"璕即卷赠之曰："吾非必欲得百金也，聊以觇世眼耳。公能识之，是吾知己也，当为知己赠。"由是遂知名。其画龙烘染云雾，几至百遍，浅深远近，隐隐隆隆，诚足悦目。或谓画龙以云胜，固为得之，第烘染太过，犹非大雅所尚耳。

寄我山房

华素人白，吾邑之工诗词者，有《寄我山房诗词稿》行世，五古如《月夜迟友不至》云："良友期不来，空庭坐明月。坐久清辉移，中心如有失。抚琴不成调，辗转意拂郁。人生不百年，逝者复飘忽。惟此眼前欢，领取即明达。更有事烦扰，强半被侵夺。今夕月如盘，孤赏感契阔。明日君来时，月轮已残缺。"《糊窗》云："一椽托吾足，暗处疑入瓮。乃于东南隅，墙半凿一空。少引日月光，聊使心目纵。方秋正西成，尘入如烟雾。因思蚁缘阶，病在阶之缝。糊之以素纸，既障仍明洞。忽如远行客，徒然入乡梦。”《离家》五首录二首：“舟人催放船，小儿牵裳衣。问爷往何方，此去几时归。小儿何所知，向我情依依。我岂非人子，乃欲离亲闱。”“徘徊复徘徊，朝阳下檐牙。帆樯虽已张，前路原不赊。离家一步远，恍已在天涯。去矣游子身，游子心在家。”《示子》四首，录二首：“顽铁炼成钢，精金无以过。良玉弃不琢，瓦砾奚以多。毋喜誉者甘，毋疾责者苛。从来白与坚，能受涅与磨。”“哲士远嫌疑，瓜田有遗言。我心纵精白，众口喜澜翻。持己宁过严，与人宁过宽。宽过人心平，严过己心安。”七律如《寄孙赋山》云：“出处途歧可奈何，分将愁思为君歌。米盐倍价文章贱，才命相妨坎壈多。欲去更虞家是累，致身难得礼为罗。从兹脱颖囊锥露，愧我蹉跎叹逝波。”《将赴馆书感》有二首，录其一：“久客似归归似客，无多生计砚为田。何堪薪桂米珠日，正在亲衰子幼年。囊罄近来持酒戒，诗穷只合废吟篇。明朝便欲辞家去，那得今宵尚稳眠。”《冬夜》云：“半卷疏帘倚石阑，霜清水远雁声酸。参差红叶随风尽，憔悴黄花共月残。病后心情终是怯，夜来天气不胜寒。江城昨日家书到，反为离愁未敢看。”《将归》云：“茫然身世费踌量，虚掷流光鬓欲苍。八口一家生计切，十年孤馆梦魂忙。酒能醉我何妨浊，诗恐惊人未敢狂。检点归装无长物，古琴长剑素书囊。”七古如《溪上有怀》云：“溪上风光三月新，桃花水发生白蘋。满川烟草碧波合，对此令人怀故人。孤琴不鸣杯不举，疏棂暮掩萧萧雨。空斋岑寂无人声，夜深独共青灯语。”《营巢燕》云：“营巢燕，朝带残香暮花片。朝朝暮暮营新巢，历尽华堂与深院。营巢燕，莫浪营。华堂深院多纷更，不如江干旧茅屋，故巢无恙主人情。”五律有十余首，录其一《题系送别朱南山》：“且住为佳耳，无端作别词。斜阳将暮矣，翘首欲何之。深树鸦归急，欹桥人渡迟。相逢欣不远，记取后来期。”他题有“树密疑无地，山深别有天。江涨平浮岸，峰高乱插天”等句，不忍割爱，附录之。七绝如《游丝》云：“东风庭院翠烟开，袅袅晴丝去复回。飞絮落花无限恨，一齐牵过粉墙来。”《梦亡妻》云："憔悴心神多病身，卅年与我守清贫。君今已在清贫外，何事言犹及米薪。"有《偶成》四首，择录其二："倦客初归卧倍安，起来红日满阑干。百钱自籴三升米，好作珍珠万颗看。""列案齑盐味带酸，笑和妻子坐团团。年荒供奉休嫌薄，尚有人家未得餐。"五绝如《小除夕期友不至》云："寒溪冻不流，孤鹤自来去。有约访梅花，山深渺何处。"《不寐》云："远客两行泪，孤灯一点花。夜寒不能寐，那有梦还家。"有词六阙，录三，《调寄清平乐·离情》云："春归何处，半逐风中絮。陌上马嘶人欲去，一阵惊花雨。　　小园落尽棠梨，肠断芳草天涯。妒杀呢喃紫燕，朝朝梁上双栖。"《调寄东坡引·闺情》云："铜龙和泪滴，旧病兼愁剧，二更风雨三更笛。夜长眠不得。夜长眠不得。　　彩云易散，粉笺犹湿。叹花谢春无色，去时情事空相忆。梦魂何处觅。梦魂何处觅。"《调寄南乡子·春阴》云："春尽雨声中，草色芊绵柳色浓。纵有半弯新月吐，朦胧，恰似娇羞避阿侬。　　灯影透帘红。翠被香销瑞鸭烘。铁马偏生和玉漏。丁冬，敲断香魂梦未通。"

李存我书

云间李待问，字存我，工书法，自许出董宗伯上，凡里中寺院有宗伯题额者，李辄另书，以列其旁，欲以示己之胜董也。宗伯闻而往观之，曰："书果佳，但有杀气，恐不得其死耳。"后李果以起义阵亡。宗伯洵具眼矣。又宗伯以存我之书若留于后世，必致掩己之名，乃阴使人以重价收买，得即焚之，故李书至今日殊不多见矣。

奇人多奇物

顾玉川名大愚，江阴之阳舍人也，深目戟髯，其状如羽人剑客。遇道士授神行法，一昼夜可走八百里。所蓄多异物，有仙人李赤肚所赠白布衲，内多名人题赞。有张益德玉印一方，篆文殊古，宝色斑驳。腰间出一小猕猴，长可五六寸，能行走席上擎杯送酒。家有大葫芦，可贮米三石。江阴界连常熟，当接壤处有沙堤一带颇平衍，每岁中秋，两邑驰马较胜负者恒于斯，而如皋、泰兴有良马亦渡江来会。适当群骑云集，而玉川牵一黄犊至，其铃辔鞍蹬一一如马，曰："愿以此与诸君游戏。"众大笑。玉川固请，乃云："姑试之。"则选上驷与之并驰，无不落其后者。后至松江谒陈眉公，以此犊为贽，谓："此青牛也，宜为老子所骑。"眉公喜而受之。

吃雪子

吴江僧大涵，初号吃雪子，因游雁荡、黄山，爱其胜，遂合两处而号雁黄。尝耕黄山，土坚，斸之有声，忽闻半空有响者，仰视，樵伐木也，吟云："筑土登登登，伐木丁丁丁。"诗从此进。后以语人，人言："何乃窃《诗经》语？"大涵实未诵《诗》，索观之，笑曰："彼叠二字，不如三字肖也。"

狐仙驱贼

松郡试院有楼，非学使者至，人不敢登。咸丰庚申，贼陷郡城，群卧楼上，夜则闻战斗声，有自梦中惊起堕楼死者，贼馆煮饭皆黑如墨。每于深夜，见城上火把照耀如昼，疑官军已登城，争相逃窜，顷复寂然。群贼以终夜不得息，遂弃城去。土人云："是狐仙所为也。"

芹藻余芬图记

孙君季芳，名振烈，晚号秃翁，健于文，撰《芹藻余芬图记》，云："予少不喜举子业，二十外犹不获青其衿，卒以父兄督责，日课一艺者累月。始以清同治戊辰岁，案得附诸生后。是时锡、金两邑同案者三十六人，类皆翩翩年少，迄今四十有七年，存者只得八人，皆须发皤然，六七十外人矣。慨自清季科举废后，黉宫荒芜，诸生无复继踵，再四十七年，诸生存者尚有几人乎？爰集八人者，用西法摄景，并系以诗，留作他时纪念。余年差长，群推中座，次于左者杜君子抝，年七十一；从侄轶千，年六十七；妹倩钱君祖耆，年六十有六。次于右者王君荩臣，窦君叔英，嵇君雨人，三人同庚，年皆六十有八。周君礼舆，游幕豫省，故不与，年亦七十有二。诗云："泮水断流芹藻枯，黉宫阒寂走丰狐。老夫不忍青衿废，相约同人摄此图。"末叙："甲寅初夏七十二秃翁识。孙君年虽老，诗兴不随之老。近有《和钱君礼南昆季合绘百龄图》五古一首云：'忆昔丙午春，仲兄正七秩。叔兄辛丑生，癸卯我生日。合庆双百龄，三人共一室。戴君赠以联，联语尚能述。礼南钱氏子，乃祖寿无匹。昆季有三人，翕合如琴瑟。合绘百龄图，年数概从实。题咏征名流，裒然已成帙。诵之声琅琅，珠玉自口出。我子亦有三，百岁尚缺一。幼如渊明儿，但觅枣与栗。长亦无所成，难以绍蛾术。默自数衰龄，忽已七十七。厌世不出门，闷时只抱膝。脊令诗久废，往事那堪诘。'"

自　述

道光二十七年，丁未，一岁。四月十五日卯时生。

道光二十九年，己酉，三岁。五月十三日起，连日霪雨，顿致大水成灾。五里街淹没，水积盈尺，一片汪洋，不通行走者数日。

咸丰三年，癸丑，七岁。正月，粤匪全股东窜。二月初十日，金陵失陷。越旬日，镇江、扬州相继失陷。难民纷纷南下，吾邑派留千余人，分四门城外寺庙居之。是月二十七日清明节，广潮勇过境，在北塘夺坐民船，逃船如蚁。忽有人讹传粤匪至，争拥出城，南吊桥下踏毙二十七人。三月地震，四野有阴燐，人心惶惶，挈眷迁避乡间者甚多。余家自祖母下，妇稚均避居西乡太湖滨之归山麓，惟父亲与叔父侍祖父于城中。而父亲隔数日必赴乡省祖母，辄徒步二十余里，触受暑气，郁积脏腑，及秋发疟，虽屡服药，延久不解，而元气渐亏，热邪袭入心包，猝然不语，遂于八月二十一日长逝，年仅三十有六。时兄才十三岁，弟二岁，姊妹俱幼，母亲哀毁，几欲捐生。继思上侍舅姑，下抚弱息，责任非轻，始进饮食。吾邑团练于春间倡始，两邑侯奉檄督办民团，延绅董于恒善堂，劝捐经费，招募乡勇百名，分布北塘牛星殿及四城门盘诘，名盘查局。城乡编立保甲，以十家为一牌，十牌为一甲，而吾邑设卡抽里助饷亦于是年始。是冬，面长埄周氏邓氏开仓收租，土匪倪孟寿聚众抗租抢掠，周邓两家各募力士数人防御，互相救援，获匪首倪孟寿，解县，孟寿立站笼死。署前三坝桥土匪平阿方、费继祖等，始以抗租聚众，继谋不轨，乘三坝桥赵氏收租，入其家抢掠一空。金匮高令会营往捕，匪党鸣锣拒之。请兵于府，始得捕获，阿方、继祖斩枭。同时曹墓塘邹阿多等，亦以抗租抢掠案，死于狱者五六人。

咸丰五年，乙卯，九岁。苏抚吉尔杭阿收复上海城，移营镇江。二月二日过境，锡令吴金令钱同绅董宴吉公于惠山。是月初七日，祖母病故，寿七十有一。祖父挽联云："境历艰辛，昔日随余苦能耐；世当离乱，此时归去福非轻。"初九日，镇江贼分窜高、资，牵制官军，向大臣荣勇额四万余人，积久欠饷百余万，军士哗饷，向大臣始以慰劳，继以诟责，麾使速行，军士皆涕泣谢罪。时大营仅存千人，日夜以疑兵守之，幸各路俱捷，转危为安。盐枭头目刘正裕、郑国魁、陈三秃子俱巢湖人，素为米业接客。咸丰初年，江浙漕粮改道海运，河运船额共六千六百六十余艘，其舵工水手改业贩盐，因正裕、国魁久留无锡，人地熟悉，尊为头目，而盐贩日众，遍地盐担，官盐不销，官不能禁，所谓盐枭也。有庐州人结伴负贩，由苏、常一带运物于被陷地，方获利甚厚。间有雇船装运者，泊北门外河埄里，刘党垂涎寻衅。六月二十三日至北塘盘查局，声言捕捉奸细，速乞军火，擅取器械而去，趋至河埄里，隔河开枪。庐人飞瓦掷石，胜负未分。有本地游民李盘，引巢人过桥袭其后，庐人恐，入河，被刺死者十余人，巢人乘势掠其船。守备蒋志善排队出城，巢人乃散。设计诱刘等到案，刘正裕枭示泗堡桥，陈三秃子枭示梨花庄，郑国魁奔东坝投营，以避捕捉。是役居民虽无害，惊惶颇甚焉。

咸丰六年，丙辰，十岁。四月二十三日天雨寸许，后百余日无雨。五月十三日禁屠宰求雨。六月初二开屠一日。初七日禁鱼虾，筑台于崇安寺，令道会司居金魁设坛，书符诵咒，而两邑令仍步行拈香，经旬，红日依然，均无验。再设坛于独山，门向太湖借水，半月往求三次，河中水涨仅二寸许，遂止。然运河尽涸，旱灾已成，调兵俱陆行，商贾运货亦然。直塘人马车轿不绝，深宵灯光如昼。二十六日飞蝗来自西北，蔽天日，食禾顷刻尽。旋为官示，民捕，计重给钱，于是捉而挞之，网而焚之，稍杀其势。高田禾槁，低田蝗食，米价腾贵，民不聊生。七月二十九日始大雨，嗣后陆续得雨，河道渐通。是年夏，金陵、镇江贼议夹攻，以撼我大营。于是镇江之贼从东而西，江宁之贼从西而东，溧水大小关、金柱、黄马等处之贼，旁出冲扰。向大臣因分剿宁国、溧水，屡经抽拨，兵力过单，贼蜂至，官兵正并力截杀，各营火起，兵勇溃散。张国梁突围保向大臣，冲锋而出，收聚散卒，退守丹阳。上游难民回籍未久，至是又南下。吾邑善士集资，每人给钱三十文，旬日发去钱五百余千。苏省大吏恐人众滋事，通饬各属留养，锡、金派养三千余人。彗星见东北方，光芒绵长，警报日至，吾邑迁徙者因天热不过十之一二，余家亦未徙。大军既移营丹阳，婴城固守，而贼势甚猖獗，有以退保劝者，向大臣太息曰："吾病不能进，何颜更南走。当死于此。"遂以军事付帮办张提督国梁，执其手云："汝才足办贼，吾死何憾！"复跃身呼"终负君恩"，恸而绝，谥"忠武"。向大臣自道光三十年调任广西提督，即剿粤匪，大小千百战，尝自镌"誓灭此贼"私印。金陵陷后，保障东南，人歌之曰："向阳一木自欣欣，覆遍江南独赖君。"功伟可见矣。

咸丰七年，丁巳，十一岁。春，张军句容大捷，毙贼无数。吾邑蝗蝻复生，乡民掘不能遍，至是生翼而飞，两邑令饬民捕捉，计斤给钱。收之，在应宿墩开坑焚烧，犹未尽，忽天雨三昼夜，灭于太湖中。总兵傅振邦等削平溧水城外贼垒，副将虎坤元率众入溧水城，复之。夏，张帮办会傅振邦克复句容。冬，张军复会总兵虎嵩林等克复镇江。府城大营渐渐移驻江宁地界。

咸丰九年，己未，十三岁。上年二月，张帮办克秣陵关，复大捷于雨花台，遂与和大臣定议，筑长围以偪江宁贼。又于是年正月，克浦口，收复江浦，金陵贼势渐蹙矣。八月，英法合兵，由大沽犯京师，法酋孤拔纵火圆明园。九月四日，孤拔再毁圆明园殿宇，万寿山、昆明湖等处烟焰三昼夜。十月，温暖如春，桃花、玉兰盛开。

咸丰十年，庚申，十四岁。春行冬令，三月十三日大雪尺许，十四日清明节方止。春寒异常，燕未至城中，俱巢四乡。闰三月，金陵大营因军饷不继，拟每四十五日发一月之粮，兵勇心渐携贰，城逆纠合各处逆党，于初七日纷扑大营，总统张提督昼夜拒战，而贼来益众，势渐不支，檄副总统张玉良来援。何制军桂清在常州拥兵自卫，不许行。十四日大雷雨，夜半酷寒，各营火起。十五日与和大臣等退驻丹阳。锡城人恐，纷纷迁避。祖父因襄办团练，以死自誓，仅许家人避。母亲不忍离其父母，暂挈子女随外祖迁寨门。伯兄维镛暗体祖父心，随叔父迁鸿山盛家桥。数日间溧阳、溧水同时陷，逆匪进围丹阳，初犹惮张提督声威，不敢近逼，令黠贼潜入大营，伺提督出战，自后狙击之，受创甚，犹血战，刃数贼，跃马入丹阳河而死，年三十八，谥“忠武”。张提督初名嘉祥，广东人，在粤颇不逞，后率所部投诚，随向提督转战数省，所向无敌，由偏裨升提督帮办江南军务，东南半壁倚如长城。及其死，丹阳遂陷。四月初六日未刻，常州城失守，苏州藩篱尽撤，守兵不满四千。徐巡抚有壬令张提督玉良守高桥，扼贼冲，逆分股绕出九龙山，压高桥背，师溃。初十日无锡陷，祖父被贼戕于连元街，练勇随死者数人。十三日，苏州城失陷，徐巡抚遇害，江阴亦于是日陷。贼既踞锡城，四出焚掠，寨门居不能安，避而至严家桥、至陈墅、至戴巷。时各乡集民团，立白头局，因贼以红绸裹首，民以白布扎头别之，贼出扰，协力拒御，四乡皆然，以永昌徐氏、江阴王元昌为最。旋城贼出伪示安民，而白头渐散焉。秋间随母亲往鸿山，与叔父同居。未久，常熟陷，转徙近城地方，以船为家者匝月。值伯兄维镛在船病危，假亭子巷陶姓屋为易箦地，不数日，卒，九月二十二日也，年仅二十。兄幼聪慧，十六岁时应县试，列名十三。待余尤友爱，常以小学“坐如尸，立如斋”等语及娄师德“唾面自干”教余，乃竟不寿，家运之乖，夫复何言！是月杪，赁江溪桥杨氏楼房三间居焉。

咸丰十一年，辛酉，十五岁。四月下旬，志千从叔祖来，言现住东乡老西庄，地颇安静，叔父即挈家徙居老西庄华鼎卿宅。去年城贼安民，复出示招募乡官，募得米业华二、猪业黄顺元。华为无锡监军，立局堰桥镇，黄为金匮监军，立局东亭镇，两处市肆大兴。并募乡图里正，充军师旅，帅司马百长，一图一旅帅，五旅一师帅，五师一军帅，军帅属于监军。又招募两邑之老书吏，设伪钱粮局于东门外亭子桥，造册分业佃完粮，令民自行投柜，随给伪串业田者，稍得收租。或顽佃抗租，诉贼押追。城贼既收田捐、铺捐，不满欲壑，在新塘桥、东亭、龙舌尖、四河口、五丫滨、大渲、八士桥等处，立卡抽货船之税，并立分卡，巡船无数，勒索行商。是年七月，城贼奉伪令举办伪试，勒令乡官招能文者，取齐监军局，每名给钱十千文，得数十人，监军送城考试。贼以杜撰鄙语为题，锡、金取三十人，名曰“约士”。旋赴金陵，亦称乡试，锡、金中式二十人，名曰“达士”，给红巾为冠，红衫为服，俱用绉纱。中式者内有附生数人，皆迫于穷之所为也。十二月二十七日晨，大雪，三昼夜积深三尺，路绝行人，河无行舟，老屋草房率多压倒。

同治元年，壬戌，十六岁。母亲自先兄卒后，悲伤成疾，饮食顿减，卧床不起，有时稍愈，不过勉强出房门，而力乏气虚，渐入老境。三月杪，发热数日，精神益亏，医生案云：“悠悠扬扬欲脱之象。”延至四月十五日午刻，正进药，而药忽从两口角退出，以手按鼻息，则气已绝，年仅四十四。痛哉！是月，贼酋伪忠王在苏开炉铸伪钱，派各属用于市，铜质极次，正面刻“太平天国”(俗“国”字)四字，背之左右“圣”“宝”二字，钱糞杂于官制钱搭用之。十月，常熟守城贼酋骆国忠归顺。

同治二年，癸亥，十七岁。正月间，苏州贼队复犯常熟，穴地攻城，骆国忠悉力扼守。二月初五日，李巡抚鸿章派洋将戈登剿平福山贼垒，常熟始安。四月初旬，由老西庄迁东房桥，时官军屡胜，贼败窜各乡掠扰，叔父拟挈眷徙江北，故东房桥仅居二十余日。与周云川家同雇大船，侯世丈石琴孝廉家附行，绕道常熟，出徐六泾，渡至通州。杨曜西姻丈时就通州馆，眷属住淮安府之盐城县，劝叔父亦往侨寓，从之。端午节过东台，越二日，抵瓢城，即盐城也，赁唐家祠东首张宅居焉。暑天无事，以吟咏消遣，如七律有“残书还自他乡读，皓月空从故国明。太息家园遭一炬，江南况尚未休兵”等句。丁祭前一日，偕友瞻仰文庙，复登城，览远近风景，并散步街巷口，占四绝以纪之。八月朔，克复江阴县。是月，安镇乡民每夜见有金匮县衔之灯行于田岸，瞭望，入城隍庙。城内贼馆中亦有鬼神作祟，议者知邑城将复。九月间，粤匪各处乏粮，辄至吾邑四乡掳掠刈稻，踞村镇民房为栖息地。割稻后，有运入本城者，有运至宜兴、溧阳、常州、苏州者。吾乡遍地扰乱，更难安居，幸十月二十七日收复苏州城，十一月初二日吾邑克复。沦陷三年半有余，民之死于难者固甚多，而饿死病死者亦无数。城外之屋复城时已毁尽，城内之屋尚十之七，官兵进城火其半，仅存十之三。大宪定章，凡典屋未毁，执业修理完正者，照契价回赎。或有基无屋者，执业与典主均之。执业人复造者，照典价加四回赎。

同治三年，甲子，十八岁。春，吾邑西北乡人相食。正月二十四日，收复宜兴城。同日，江宁陆师攻毁钟山岭大石营，贼称“天保城”者。二月，攻克溧阳，并浙江嘉兴府城、杭州省会。是月下旬，由唐祠东首迁居儒学街某宅，作《感怀》七律一首，颈联云：“桑砚已焚千里外，祖鞭还舞五更初。”三月，句容、金坛先后收复，时攻围常州已久，四月初六日，各军奋勇入城，杀贼无算，生擒逆首陈坤书、费天将，跪降者数万人，常州城遂复。贼踞郡城凡四年，及复，月、日、时皆不爽。初八日，丹阳城贼因势蹙，开城乞降。六月十六日克复江宁省城，生擒伪忠王李秀成等，悍贼尽数歼灭。伪天王洪秀全先一月服毒死，搜其尸，烈火焚之，江苏全省肃清，口占七律以志喜，有“忽传曾李灭红羊，幸得故园能复旧，待过炎夏好还乡”等句。八九月间，浙赣皖秦鄂闽等省均肃清。九月二十五日，游击周家良于石城荒谷中搜获伪幼主洪福瑱，凌迟处死，粤匪遂平。十月初旬，叔父买棹挈眷还乡，路经扬州，漫成二绝句。出瓜州口过江，风和浪静，收京口停泊，口占七律一首，末联云："瞥见前途京口到，家乡路近乐何如。"旋里后，旧庐已毁，暂寓北乡八士桥陈宅，以过残冬。

同治四年，乙丑，十九岁。是年有兽类狗，俗称"竹狗"，夜入村落噬人，年余始息。三月杪，移居城中凤光桥，越数日，谒惠山先茔，晚归舟中口占七律，末联云："蓉湖依旧迢迢水，灯火稀疏认北塘。"夏间，钱君达表舅氏因新婚燕尔，嘱余至渠现就之新塘桥钱姓蒙馆，代庖近五十余日。傍晚解馆，偶步西畴成田家，杂咏数首，有"最怜曝背炎蒸里，暮色苍茫犹未归"之句，怜其劳苦也。八月上旬，渡江至泰州，访王綍初舅氏，拟赴楚，为出山计，无伴未果，勾留月余，终日惟习字画以消遣。重九后，伊家返锡，偕归，路经镇江，游北固山甘露寺，见有试剑石、铁塔寺等古迹，滨江有四角亭，耸峙江心，下临无地，甚大观也。及光绪间再往游，有武弁驻其中，阻人入，怅然归。

同治五年，丙寅，二十岁。始以教读为业，馆于礼社薛渭占广文家，训其三孙：子明、子督、伟人。春夏应县府试；冬，应院试，首题"而文"，诗题"乱山徐吐日"。时华君召棠亦馆薛氏，以《雪夜有作》四首索和，步原韵和之。放年学，归。越一日，天欲雪，急步至龙山三茅峰下，拾级上白云洞借榻道房，果大雪。俯视下界，一白无际，恍置身琼楼玉宇，口占《登石门待雪》诗三首，又《白云洞看雪》诗二首，雪消步归。

同治六年，丁卯，二十一岁。仍馆礼社。六月，江潮至城河。冬间，随叔父设坛连元街上寿庵，为先大父具衣冠招魂，葬龙山白鹤墩，慨成二律，有"追思往事恶氛炽，仰溯先型大节完。余寇虽平仍抱憾，遗骸难觅总殷忧。白鹤墩前一恸哭，酸风苦雨卷松楸"等句。

同治七年，戊辰，二十二岁，假泰定桥外家小厅训蒙。时陶云组表舅氏授徒于伊家，品行纯正，即以诗文请业焉。回忆幼时所受业者：侯步高师、张舆亭师、吴春坪师、严笑拈表叔、王紫纶外祖；避乱时乘便从学于仲英堂兄、侯蔚人世叔。乱平迄是年以前，则以制举业就正于宣琴山师、杨可陈师。二月，应县试。正场首题“女闻六言六蔽矣乎”，对曰：“未也。”居名列第三。初覆首题盈科，而后进拔第一。二覆名列第二，三覆名列第一。末覆后数日发长案，仍第一。四月应府试，五月应察院试。首题“所求乎臣”，诗题“苔田绿后蛙争聚”。与仲英嫡堂兄同游庠，时学院毁，未建复，故院试仍在常州龙城书院。秋间偕友游惠山，遍寻胜迹，于研朱石上饮酒，步月而归。

同治八年，己巳，二十三岁。馆于原处。六月雨后，偕张晓帆、秦姚臣、范孟和、黄公涧观瀑游览甚畅。秋间，因人言五里香塍夜行偶有遇鬼者，遂于晚饭后，同王显屏黑夜散步香塍寻鬼，竟无所遇。先母灵柩当时权厝老西庄宅后荒垓，今夏迁回。因木质不坚，且未漆，稍有朽腐处，并见白蚁。假严家棚空屋停搁，熏毙白蚁，饬木匠做椁加漆，择九月二十二日安葬于白鹤墩昭穴，与先父合兆，共用钱六十余千文，系余集会独任。又英弟时年十八，未能分担。

同治九年，庚午，二十四岁。就北门外张宅馆。正月十三日，二姊出阁。二月，赴澄江科考。时学院新建，试毕，偕孙逖先游君山并观潮。秋间应省试，舟过栖霞口一带，青山碧嶂，有步步引人入胜之妙。

同治十年，辛未，二十五岁。仍馆张宅。四月初八浴佛日，偕友七人，雇舟游华藏寺。行太湖十余里，顿豁心胸。登岸步行数里，至寺地，颇幽静。归路泊犊山，游元三殿等处。七月，澄江岁试列一等。八月初七，随叔父同仲哥等恭送先大父牌位入祀寺塘泾忠节祠。

同治十一年，壬申，二十六岁。就馆于石塘湾孙翰香家，在塾系绩卿、容伯，又女徒一。八月初九三更时，文庙中文昌阁火灾。十月三十日将晚，天上有黑光如虹，自西至东，其南北界画甚分明。

同治十二年，癸酉，二十七岁。就缸尖袁蕴山家蒙馆。二月既望，同杜汇吉、侯翔千、从弟季英游惠山，竟日探幽寻险，兴犹未尽，薄暮步上锡山顶，席地谈笑，待月出寻径而下。三月二十四日，叔父为余娶杨氏，合卺之后，新人出房坐朝。余在房，口占《感怀》诗一首，有“昧旦鸡鸣警此时，椿萱早谢恨堪知”之句。端阳，竞渡数日，龙舟盛行酱园浜，画舫灯船络绎不绝。余与华海初、汪葆素、从兄仲英偏坐无棚船游览于其间。七月，赴宁应省试。因友约，乘马游雨花台及莫愁湖。越一日，偕友乘马游明皇陵，地势果然雄壮。试毕，归舟经镇江，登岸游金山寺，复雇江船游焦山，其风景更胜金山也。

同治十三年，甲戌，二十八岁。馆于留芳声巷杨撰翁家，在塾系砚耘、心栽、潭千、守愚四人。春间生一女，名兰芽，半年殇。五月二十晚，有彗星出于西北，光射东南，长盈尺，越旬日，长丈余。又闻北乡堰桥人云伊处有牝鸡去年已生蛋，今忽变雄，高冠峨峨。十一月朔，金星过日，屡登报纸，至是日阴晴参半，余未得见，惟闻余成之说巳午时，见有黑子从日之东南角入，从日之西南角出而已。十二月二十五日，暂迁杨诒清堂西首竹园旁，以待典屋，或可久居。

光绪元年，乙亥，二十九岁。仍馆原处。春间忽发吐血症，此症由感受风热而起，每年发二三次，历八年方全愈，饭量由此加增。七月初旬，典杨宅后门屋七间，修理数日，于十八日迁居，月杪，赴宁应省试。归家后，偕友游雪浪山，作五古纪游。越月余，次女生，名纫兰。

光绪二年丙子，三十岁。馆于西门外凌云翁家，在塾系伯升、企周、敬叔三人。二月初五日，余妹适王伯渊，系入赘。越八日，伯渊挈眷赴鄂。四月二十日，又英弟入赘于泰定桥王宅，半年后迁回同居。七月初旬，哗传有物压人，夜辄鸣锣相警，声遍城乡。又有无故失其辫发者，既而获妖人数辈系诸狱，害乃息。下旬赴宁应省试。

光绪三年。丁丑。三十一岁。就映山河侯宅馆，在塾系渭臣、绍先、荫保，有附徒一二人。五月下旬，大风拔木，蝗入境，不为灾。秋，虫伤禾。十一月杪，大雪深数尺。明年戊寅，仍馆侯宅，五月地震。

光绪五年，己卯，三十三岁。仍就侯馆。三月十四日申，初得子，名梁汾。中元节后，赴金陵应省试。偕友出太平门游后湖，即玄武湖，阔约半里，长约三里。时湖中荷花盛开，乘小舟在花中往返。越一日，乘马游妙相庵。八月二十一日，嫡堂弟季英卒。婶母云："惜无人接气。"余毅然试之。气冷而臭，知难挽矣。明年庚辰，馆联。终年除书画酬应外，无须纪之事。又明年辛巳，馆联。秋间，科试前列补增。十一月中旬生一女，名笥宝，九岁殇。二十一日子时，仲英嫡堂兄去世。

光绪八年，壬午，三十六岁。仍馆侯家。八月，天有彗星，余应省试归，四更时启头窗门，见之长丈余，阔二尺，形如板门。是日午后舟略停，偕伴中友往燕子矶亭中游眺。明年癸未，馆联。三月初五日，又英弟赴北通州薛抚翁处。终年除书画酬应外，无须纪之事。

光绪十年，甲申，三十八岁。侯馆仍联。八月，生一女，名桂保，六岁殇。明年乙酉，馆联。正月葬仲哥，两天步往龙山梢料理。二月，乘紫阳甄别便，游留园、怡园、元妙观。七月，天鼓鸣。是月杪，放舟应省试，此次堂备额满，见遗。十一月，星流如雨。又明年，丙戌，馆联。四月生一女，名禄葆，四岁殇。秋间带曾儿至侯馆，偶有遇雨日，同宿馆中。

光绪十三年，丁亥，四十一岁。就水獭桥张繁若家馆，其两弟、两子及陆听秋子志祥在塾。二月中旬，带曾儿至张馆，有时遇雨，同榻。

光绪十四年，戊子，四十二岁。就冉泾桥俞馆，在塾林香、胡子寿、许丽生，曾儿带在俞馆者约有半载余。七月中旬，放舟应省试。月杪，偕友游清凉山，山顶有翠微亭，其匾额及石碑题诗俱高宗御笔，高与吾邑锡山埒，而眺江望远，更足豁心胸。越日，又游聚宝门西边愚园。明年己丑，馆联。除酬应书画习以为常外，鲜有必须纪者。

光绪十六年，庚寅，四十四岁。自丁丑迄己卯，每逢正月开学前、腊月解馆后，及清明、端阳、中元、中秋、重阳、冬至放节，学期内至西门凌宅教字二三天。自庚辰迄己丑，每逢一，家中辄设字馆。今年起不就教读馆，专以书法教授，连家中有字馆七处。三月二十八日，偕叔父又英弟、许荫泉等泊舟外吊桥看会。四月初旬，里捐总办傅兰垞老师派余往西乡徐城头其隆茧行查茧捐，计八天。茧商徐棣山送酬敬洋八十元。是岁，胡子寿诗文按期送阅。明年辛卯，有字馆七处。正月初十，乘脚踏船至苏州山塘桥陆润号访陆洁斋，晚宿伊家。明日清晨，至长洲县署后泗井巷傅老师处贺年禧。午饭后返，同洁斋、杨厚甫和春茶园看戏。越日，与洁斋游虎丘及寒山寺，盘桓四天，均宿洁斋家。二十五日晚，偕友从秀嶂街至青山湾渔巷，看采茶灯。五月初二下午，三里桥天主堂被人烧去，各乡之堂有随而烧者。七月杪，乘省试便，偕友荡桨秦淮，并游毗卢寺。是年夏，旱，不雨。待得雨后，莳秧已晚。秋暮又多大风，收成大减。

光绪十八年，壬辰，四十六岁。字馆共有六处。正月初五下午，雷电交作。二月间新街巷宗祠飨堂重建落成，写门额"窦谏议祠"四字。商定十三世上大牌位，供正龛；十四世起小牌位，供左右龛。月杪，写祖父、父亲及寿光、雄山两公等牌位，又代族人写二十余个。

光绪十九年，癸巳，四十七岁。仍六处字馆。是年春，始丁祭司麾。去年秋丁祭，因龚梅初有微疾，作通赞一次。九月初三晨八时，婶母无疾而终，得信赶去，已九时，连日料理一切。十一月朔治丧，明日出殡至龙山梢。逾数天，借阅顾竹畦讳蕙生山水册十页，甚佳。

光绪二十年，甲午，四十八岁。有七处字馆。二月下旬，趁钱船至苏州藩署，捐训导。九月二十一日，二女出阁，适顾酉山子谊初。十一月二十八日清早至神仙桥，叔父言已不清，延至申刻去世，享年七十四。连日料理忙碌，腊月中旬治丧出殡，步送过外吊桥，因大雪，偕又英弟乘小轿至龙山梢，迨柩登位，回丧，雪止。明年乙未，字馆与上年同。三月十一清明节，晨送叔父牌位入新街巷祠，捐匾对各一。九月十六日甚寒，大雪。下旬因欲修谱，雇船至璜塘、东房桥、戴巷桥三处采访。是年，除书画酬应习以为常外，须纪事不多。

光绪二十二年，丙申，五十岁。字馆共六处。正月既望，赴金陵设榻于王府园杨公馆。越数日，偕友步往府文庙游玩。此基本朝天宫道士堂，同治七年曾、李二公改筑其上，有飞云阁，阁西有亭，均可观四面之山，及三面江中之帆，甚胜景也。殿宇规模极宏壮。一日，同陶仞千至北院游览，中有煦园，景致极佳。又同至钟鼓楼一带眺景，归途月色甚明。二月初旬，独至中正街散步，遥见文正书院颇多亭台，入其门，果屋宇精洁；曾文正飨堂西有小园亭榭，花木楚楚可观。望日清早，轿往督署考验，文诗各一，交卷即返。在宁索书者颇多。值鄂省饥，奉委劝赈发，实收数百张，遂趁薛三甥女大船回锡。二十二年后泊吕城镇，入茶室，访问茅庄本家。据茶客云："窦尚书旧宅久改东岳庙，人称其地曰'窦庄庙'。现无窦姓。附近数里有窦家桥，尚有男丁一二十人，均业农，在吕城西北十余里。"四月中旬，细妹与其侄友端及荡口华少梅，在夏莲桥合开元昌茧行，邀余到行代为监察，十余天回城。九月间，凤喈有事进京，细妹送至上海，约余迟一二日趁轮赴沪，以便同归有伴。伊等住后马路连元栈。到栈后，与凤喈坐马车游张园、愚园。黄昏，天仙茶园看戏。越日，进城访宣琴师，游城隍庙，又闲步四马路黄浦滩眺望。

光绪二十三年，丁酉，五十一岁。正月十七日，偕岳父、心栽等，船往水居祭高忠宪公。自春迄仲夏，有五处字馆。五月杪，接委署江浦教谕电报，即趁轮船赴金陵，设榻杨公馆。越二日，起程到任。两头陆路，中间渡江水路。江浦学署毁，未建复。进城暂寓观音庵。接印，先行九叩礼，拜北望阙谢恩；再行九叩礼。拜印毕后谒文庙，并访知县刘朴卿、训导石小泉、邑绅张友农。十五晨，文庙拈香，朔望皆然。时值久旱，偕同寅城隍庙求雨三天，又吕祖庙三天，均每日二次。越宿，至关帝庙祈祷。明日下午执香步行至关庙，再祷，冒雨而归。嗣后连五天大雨，圩田尽淹没。是年吾乡亦先忧旱荒，继忧水荒，有相同者。七月朔，龙宗师湛霖按临江宁府，乘轿晋省，偕石小泉送考。十一夜半进院，同高淳杨伯寅留场。寅正，东文场盖戳盖毕，天已明，纱袍半为汗湿。月杪，小荔在胡家花园设席请华子随，邀同往。饮罢，游雨花台及刘公园。中秋后，因赈捐造册申解，趁轮返家十余天。此次赴浦，移寓张友农家，晨夕叙谈，意气相投，作七律二首以志契合。是日，刘朴卿送新生来，先交拜，然后新生行礼。冬至节卯时，偕朴卿等诣万岁牌前拜牌坐朝，归恰黎明。

光绪二十四年，戊戌，五十二岁。元旦拜牌，与冬至同。毕后往大成殿及文昌、城隍两庙拈香。归，路同寅处贺年禧。下午三时至县署护，日已是初亏。四时，食甚，本应素服，因元旦用常服。五时复圆，再换恭服。灯节后，委办淮、徐、海捐奉发，实收数百张。二月初三丁祭。先一日黄昏，亲往验牲。寅正到文庙。朴卿祭至圣先师，余祭东西配。明晨逢戊，祀城隍、吕祖及社稷坛、节孝祠。三月既望，缘赈务造册申解，回锡两旬。季夏，偕赵彝铭送县考。孟秋，同彝铭过江送府考，相偕谒刘太尊。逾数天，与六合副斋严蔼卿同留场，下午四时归寓。中秋后，毗陵刘甸侯到任，即交印。此地曾经兵燹七次，城小荒凉，房屋稀疏，余初到时作诗纪其瘠苦。在兹几及一年又半，索书者不少，筹赈能应者寥寥。是月备文呈缴，湖北空白，实收鄂捐告竣。九月十三有事赴江浦，张友农具盛馔饯行，备极欢乐。越日登程，口占二绝句以留别。回至杨公馆，仍住照厅，与小荔、嵇雨翁晨夕叙谈。一日，偕景修骑驴游北极阁，盘桓十余天，遂返锡。

光绪二十五年，己亥，五十三岁。连家中有四处字馆。三月初五日，为梁汾娶石皮巷王伯渊女。九月初七黄昏，往凤光桥议公田规条。中旬，连日赴惠山等处丈量墓地，并绘墓图。是岁，除劝赈解银及书画酬应习以为常外，须纪事不多。明年庚子二月初旬，委署江浦县训导，得信起程，在王府园杨公馆住两天，遂渡江到任，暂寓詹馨岩家，接印谒庙，并访知县濮桐楼、钱席、杨仰高；又往刘甸侯、张友农处叙谈。将晚，仰高备肴邀饮。越日，送县试，收给用印。春季移寓姜子璜家。孟夏，偕甸侯晋省送府试，禀见王太尊。逾数天，与溧水教谕李仪吉同留场，二牌同出。端阳节乘轿回浦。十三黎明，偕濮桐楼、潘显庭祭关帝。月杪过江，停三日，伴送六妹赴杭州枝头巷。与程干庭步出涌金门，雇小艇游西湖，由茅家埠登岸，寻得灵隐寺，在其中各处游玩，果然别有天地。偕凤喈江山船饮酒。返锡，随即趁轮抵江浦。七月初，交卸回家。仍就字馆，连家中每旬三次。九月既望，引梁汾至张聿青处拜师受业。是年夏，北边拳匪肇祸，及秋，各国联军入寇，皇舆西迁，京师、天津相继失守，时事大变，朝廷命庆亲王、李傅相议和，凡各国所指为罪魁者，或正法，或充军，然后开议。自秋迄春和议成，两宫回銮，赔款七百余兆，而所订条约有令人饮恨吞声、发指眦裂者，又十倍于英法之役。

光绪二十七年，辛丑，五十五岁。每旬有三天字期。二月初二巳时，长孙凤藻生，乳名品端。十六日，同杜汇吉登龙山顶，自石门下，徐步而上，在道院吃素饭，一路探幽寻险，眺望盘桓，从头茅峰步下，已将晚。冬间抄誊宗谱世系表，约有月余。明年，壬寅。字馆仅两处。孟夏既望，始排印世系，故时常在家校对。端阳前三日，二姊病亡。初交季夏，世表印毕。时久旱无雨，民心惶惶。小暑头起一雷，俗有“倒黄霉”之说。后果大雨，河水暴涨四五尺，变旱为水，与丁酉岁无异。又明年，癸卯，字馆与上年同。正月十八丑时，仲嫂病亡。二月十七，叔父母合葬于白鹤墩墓穴。上巳，孙女阿勤生，六岁殇。逾数天，仲嫂出殡。十月间，典得水獭桥南乱前开光裕药行房屋一所，二十八日，自东河头巷迁居。下午，颂君、赓臣、菊人来，强余作保仁典账席。此典股未集齐，余说须缓开方能诸事舒齐，伊等不听，于旬前开市，所以庄款不能流通，诸多周折，并多口舌，勉力支持。到腊初，大发肝胃气，每日必一二次，除夕尤盛。晨到典后，人来则起，人去则倚床，一日夜勉强带病料理，天明，逾数刻，回家安睡。

光绪三十年，甲辰，五十八岁。元旦，肝气仍剧，数月方愈。灯节前后，西典议事，乘轿往返。三月初旬，薛永甫来城，偕永甫约赓臣、颂清、兰轩、厚卿茶叙。二十四上午，登舟赴杭，走石湖、茭草湖，故不经阊盘等门。越二日，过塘西十余里，见石城小而筑固，舟人称“倭城”。余甚疑焉，后询知前明戚总兵继光御倭炮台，果无此小城也。明晨，抵上板儿巷薛公馆。下午，三潭印月游玩。四月朔，同细妹、凤喈轿出涌金门，下船至平湖秋月及行宫，在两宜楼午餐。再至唐庄，遇雨,坐看湖中雨景。不多时放晴,自岳王墓步上,游栖霞、紫云两洞。初四晨,偕凤喈称肩舆出候潮门,游云栖寺,一路沿钱塘江,景颇佳。初入山,径路崎岖。再入,四面峰峦环抱。复前行,两边竹林数里,疏处有参天杂树补其缺。竹大而高,解箨即然。近寺古柏数十本,大而直。总之,不拘何树,均直榦干霄。进寺,老僧留饭。索观董文敏《金刚经》墨迹,有御题诗跋,又莲池禅师手卷。归路经开化寺,内有十三层塔,人称"六和塔"。拾级而上,至第六层,以为上应再有数级,遍寻阶升之路不得。及下,询僧,方知一明一暗相间,明可到,暗不能到,恍然于第六层已是塔顶矣。逾数天,清早步行游湖,周大引路,由旗营出钱塘门,游昭庆寺,立坝头看涧水;走上白堤,过断桥、锦带桥、陆宣公祠,啜茗片刻,经行宫、俞楼、西泠桥、苏小墓,进两宜楼吃饭后步上苏堤,经跨虹、东浦、压堤、望山、锁澜五桥,入高庄游玩多时,仍由苏堤越映波桥,过南屏晚钟处,入净慈寺,看水陆道场,从清波门返。明日午刻,仍约周大引路,出城雇小划船,入湖向西至茅家埠登岸,走入山。春淙亭略坐,从飞来峰旁石洞穿过,见一线天,进云林寺,即灵隐。见吾邑龚毅所先生书匾额,遂拾级直上韬光殿。一路竹林与云栖同,略小。殿门口遥望西湖,其东杭城万屋,其东南钱塘江。殿后再上炼丹台,眺遍,遂下冷泉亭畔,听涧,水声甚大。回到湖心,月光照波朗澈。归期已定,复偕细妹、凤喈坐肩舆出清波门,过赤山埠、石屋岭一带,山麓低昂,进烟霞洞览玩,石佛同灵隐,但较少,有石雕大士及东坡像。洞深约三丈,其旁新屋十余楹,上有亭,可览钱塘江,左右桂树百余株。在此午餐后,再往龙井,井大而浅,清能鉴人。又越山,游理安寺,径路高低曲折,峰环两旁前后者一二里,几疑无路可通,渐行渐阔,将至寺,竹林杂树参天。入寺,见长方泉,清澈堪爱,额曰"滴滴归源",盘桓多时。望日抵家。端阳节造册申解赈捐银。七夕后,凤喈自杭返锡,来访。明日将晚,约各东在余家会议。逾数天,各东缴齐股本。下旬,细妹赴杭偕行。八月朔抵上板儿巷,同萧山王静安游三潭印月、彭公祠、退省庵、岳庙岳墓等处。明晨,偕静安出望江门，游海潮寺，并江边观潮。初四申刻，薛公馆眷属登舟赴兰溪，余另船同行。经闻家堰、富阳、窄溪、桐君山、七甲濑、乌石滩、严东关、大洋镇、石塘。初十午时，进兰溪西门，至总局。越日，偕友出东门，观白衣阁、文昌阁及南门花园。十三晨，凤喈伴余到下卡。逾两旬，趁义乌货船赴杭，拟回家取寒衣，同舟有扬州程彝仲，朝夕与谈诗词，借免寂寥。过钓台下停泊，时尚早，偕彝仲登岸眺玩，见碑亭，碑勒"汉严子陵先生钓台、宋谢皋羽先生西台"。历石阶十余级入严祠，享堂塑先生像供正龛，以范文正、欧阳文忠、谢皋羽等四人附祀东西龛。堂中悬"高尚其志""千古异人"两额，楹联云："惟巢由乃可与并驾，微光武不能成其高。"又联云："中兴天子友，清节后人师。"其右客星楼均多古碣，半系前明，已剥蚀。勾留数刻，遂回船。重九抵锡，停三日，再赴兰江，途中行八天始到下卡，略停，进总局叙谈多时，黄昏持螯，十二点钟回卡。良月初七日，至上、中两卡访友。十三晨，偕凤喈坐永康船赴金华，将晚，抵南门外大桥旁。桥高大，十三环洞。登岸进城，寓东南隅天宁寺，僧房颇静，庭多花木，有盘柏二本，一前明，一国初，极苍古。同住寺者，管带营兵方绶臣、文案伍咏霞。明晨，孑身府城隍庙眺玩，见"如电"二字额，书法苍劲；"镜中行为"四字额，款署"白乐天"，无白公名，疑伪。寝宫后观音阁，再后明月楼，高可望远。楼下石柱联云："更楼上一层望羊石仙踪龙湫胜迹，当明月千里访邵太常记梁学士碑。"羊石，指黄初平叱石成羊处；龙湫，指双龙洞。下午，偕凤喈、方伍两君游八咏楼，三面可供远眺，宋沈约为东阳郡太守始建。并同游七宝寺。十五黎明，与凤喈、咏霞乘轿出西门向北，一路前后左右无数柏树，正结子垂垂，遥观浑似万株白梅。复前行，两旁皆山，山麓忽高忽低，共行二十五里，抵双龙洞。洞顶悬石甚奇，有似龙头龙爪者，有似桃子桃叶者，有成形而难辨为何形者，据土人云："昔龙头二，乾隆间郡守欲取以进贡，遂失去其一。"其说近诞。步下半里见小村，借灶煮饭，饱餐后轿归。越宿，舟返兰溪。腊月既望子时，雷电交作，雨点亦大，逾日四更，有雷声，微雨。二十日丑正，次孙凤标生，祀灶。后数天，散步进西门，出东门，沿外城脚向北，路极低昂，方知东边一带跨山筑，转西而归。

光绪三十一年，乙巳，五十九岁。元旦立春，晨见微雪，戏作一联云：“岁朝春同人萃泰，元旦雪大有恒丰。”三月朔，在同庆药行看清明灯，有抬阁二十余乘，轮车六乘。黄昏至总局看马灯。孟夏望日，与凤喈、张兰生跨马游洞源约十六七里。七月初五夜半，交卸卡务，至贾船安睡。初六下午五时，忽狂风卷地，万舟动摇。明晨开行。十四饭后，乘轿至毛竹巷，换管庄船，夜泊坝子桥。望日清晨，艮山门外眺景，午餐后仍一人散步，西行出武林门观览，号马甚多。复进城，向西带南出钱塘门，沿外城脚一路看湖，清波门外堤边多白荷花，遂雇瓜皮艇泛湖，夕阳中助舟子荡桨。至三潭印月登岸，闲倚曲桥小立，两边娇荷，见人欲语，恐时晚，即回艇，正傍岸，细雨蒙蒙，急前行，进武林门，雨渐大，入茶室坐久，仍不止，路已滑，乘轿归船。明日清早解缆，行过菱坪、长安。十七晨，拔坝，过斜桥、西水塘，申刻，泊硖石镇。越两日，将行李搬沙水浜新局。重九前一日抵家。令梁汾赴硖，代五十余天。十一月初旬起程到局，中旬梁汾归。同曹达泉游东山，登塔顶。季冬，登西山顶白文公祠。设立开智学堂。

光绪三十二年，丙午，六十岁。人日游西寺及三官殿等处。立春前回家，连往返在途共五天。越旬余，由局赴杭。二月朔，抵抚宁巷杨公馆，畅叙阔衷。将晚大雪彻夜。明晨，踏雪上城隍山，谒阮文达公祠、东岳庙。入四景园啜茗，又立山之西隅多时，遍览西湖、钱江及万屋，瓦缝雪景，银沙玉屑，一白无垠，甚大观也。初四饭后，偕友步出涌金门，雇小舟泛湖，至刘庄、宋庄、孤山放鹤亭、林和靖墓，凭眺所及，尚有积雪。暮春之初，因薛购嵇基，立契交价，返锡半月。在兰、硖两处，以屏轴联扇索书者甚多。四月朔，散步东山，登塔未及顶，塔下又眺玩多时。二十清早，往黄宾谦、沈少畊、蒋芍农、韩峻轩家辞行。明日下午收拾归装，黄昏至北关登舟。二十二晨，宾谦、芍农等临岸送行。时凤喈暨家眷均乘轿到船，即用硖轮拖带，下午五时过嘉兴上岸，至落帆亭游玩。是处河势弯曲，来往各舟，经此不能张帆，凡帆必落，因以名。步进院内，有太白亭，设酒仙李太白、四季花神、杉青闸神三木位，其前遍植花木，其右叠石为山，上有小亭二，旁又有桂厅。将晚回船，越日黎明开行，经旺港泾、平望、八拆，雨大，停泊。二十四巳刻，带上苏杭斑轮；申刻，抵南廒，泊，闲步一带马路。黄昏，群仙茶园看戏。明晨，用苏镇轮拖，将晚抵家。未及两旬，因秋樵赴皖，小荔函邀司账，起程至杭垣抚宁巷。闰月既望，由鼎记庄归，足有余力，出望江门散步。逾数天，候潮、凤山两门外游眺。端阳饭罢，步出凤山门，登万松岭，北看湖景，南眺江景。又沿外城脚走数里，仍循原路盘万松岭而归。越日，偕丁贞伯雇瓜皮艇观荷。隔旬余，同秦少岩、雨农、星北西悦来吃点心，即向湖心荡桨三潭印月，曲桥边荷正盛开，立玩多时，又至高庄、宋庄等处。七月初四下午，大雷雨，抚署前旗杆双折，时恰是张中丞诞辰宴会。中秋后三日，系每年大潮最盛之时，入茶楼待潮，始见一线白光自东冲来，霎时怒浪腾空，声威甚壮，几有万马突围之势，洵大观也。看毕即束装返锡。冬间缘花萼楼有意外事，肝胃气大发。

光绪三十三年，丁未，六十一岁。家中设字馆一，有七人。文庙春祭，仍司西麾。梁汾捐县丞，指省浙江，于五月十二日起程，到省禀见。月杪，与又英弟立分关，以清日后界限。明年，戊申，字徒与去岁同。七月二十癸卯，长生日合寿木。文庙秋祭，始司东麾。良月二十日辰初，第三孙凤梧生。越日，皇上大行。又越日，皇太后大行。逾数天，至崇安寺哭灵两次。仲冬月初九，新皇上登极。

宣统元年，己酉，六十三岁。到吾家习字者八人。季夏初旬，晓湘从兄去世。逾五天，乘火车赴苏访杜子扮表兄。伊因送院试寓长洲学署，即就其处下榻。明晨，偕子扮、唐桐卿等船往八旗会馆游玩，游罢回船午餐，略停，各散，仍乘火车归。葭月二十七黄昏地震，上海、杭州、南京等处皆同时震，惟直隶、保定来信云毫不觉，究竟地较远耳。明年，庚戌，字徒与去岁若合符节。正月十七晨，同妻儿婿女坐车赴申游张园、愚园，又至群仙大舞台两处看戏，二十下午归。孟夏中旬，因清节堂昔有阳湖包姓捐田九亩，十余载未清理，与孙诵言、王淇卿放舟至横山桥，访杨桂亭，叙谈数刻，越宿回锡。重阳后偕友雇舟行乐，出独山口，泊鼋头渚多时，遍览太湖中远近各景。所有从前归并而立月祭，花户之田，于是月赎去。

宣统三年，辛亥，六十五岁。就吾家学习书法者五人。灯节后，城中河水甚浅。恒善堂所设之自治局约诸同人会议开浚，余亦往。越日即帮同筹款，就近地择小康之家募劝者十余天。闰六月初七，闻又英弟病笃，急探视。初十清早再去探问，觉更危，十一子时竟长逝。三朝，全家船出北关，将晚归。越浃辰，余妹以老病之躯又患瘴疟，恐不能支，连日至其家询视，七月二日丑时去世。三朝，合家赴石皮巷。黄昏因倾盆雨不止，先后乘轿返。此时连数天大雨，河水陡涨五六尺。初七晨，同凤喈、谊初、慕儿、端孙坐无棚船出北关看大水，北塘及黄埠墩、寺塘泾一片汪洋，有屋无街，比道光己酉之水仅小尺许，口占绝句八首以纪之。八月二十三巳时，第四孙凤采生。旋闻革党起事，鄂省城于十九失陷，由是钱庄银钱大紧。重阳前一日，家眷束装赴沪。越旬，余邑华某倡议逐官，先逐两邑令，而教官、县佐等亦渐渐驱去。此风各省皆然，捷于影响。葭月十三日，系阳历正月一号，孙文作临时大总统。余有时至申，有时返锡，行踪无定。腊月下旬，媳妇乘车旋里，孙辈偕归。是年于两旬内弟妹相继逝，余甚伤之。然而所伤者不仅此也。自今而后，余苟延残喘，虽生犹死。噫吁嘻，天旋地转，是历境之尤奇者也。

壬子年，六十六岁。正月初八，趁早车赴申，到马安里寓庐。饭后同荆如游张园，从后门入，晤凤喈，立谈，览玩多时，然后由前门返。去冬在沪，以画墨竹册消遣。今因即欲束装回锡，故连日以游荡为乐。有时大舞台等处看戏，有时偕友茶楼啜茗并消夜馆夜饮，有时散步跑马场边一带及各马路眺景，往往月中归。既望下午，偕内人、谊初等乘土船赋归与，越宿，将晚抵家。二十晨，端、金两孙开学，陶徒兄弟及俞徒亦于是晨来习字。二月初五，轿往惠山忠节祠，与孙诵言同主祭。王淇卿读祝，孙锡承赞礼，俞子勤、慕儿司香帛，为祠裔主祭之始。下午各处游玩。将晚，冒雨步归。孟秋二十一日，岳母病亡，连日在伊家襄事。良月杪，偕家俊甫、陈肇卿至怡昌庄。将晓，捐款划存汇通，典计洋四百二十九元。

癸丑年，六十七岁。春间偕友散步惠麓，在忍草庵游眺多时，经黄公涧，再步上观瀑。越二旬，同内人、二女、慕儿雇舟过五里湖，至许舍停泊。登岸，向西二里余，抵顾巷，设榻于顾金生家。明日下午，乘山轿登军帐山顶（山形如帐之回合，南唐伏兵，故名，俗称“军将山”），有真武殿，新建，尚未竣工，旁有从屋数间。殿后乱石横陈，洁净可坐，与慕儿坐石上，遍览太湖风帆、远近烟景。归途经龙王山麓，亦能望远。隔宵，又乘山舆，登横山，入雪浪庵，盘桓久之，返时内人等俱在船，遂回城。重阳节后，与吴子言、江云裳、邹颂丹、华西洲、唐申伯买棹备肴，泊于湖边高子水居下，除瞻仰可楼及畅饮外，以打雀为戏，并至东埄学堂花园等处览玩。逾数天，同王淇卿、杨逸亭赴龙王山访寻施大坟，层麓甚为崎岖，难行处令舟丁扶而行。将晚回船，进水关已二更。

甲寅年，六十八岁。春夏间，以数年前所辑之《国朝书画录》付梓，并排印《惠山忠节祠祀位录》。六月初九，次孙女玉芝生，四岁殇。重九午后，大雨有雷，夜半亦然。仲冬中旬，新街巷看爬吴姓地基。腊月杪，新街巷吴姓地基连旧屋立正契，西边浦姓基屋立草议。

乙卯年，六十九岁。中秋后三日，因清节堂昔年有过顾氏捐田事，同诵言、淇卿、俊甫雇船至毛竹桥访过匡伯，叙谈片刻，即下船归。重九祭祀毕，祠右胡姓与吾族商议，将墙头弯曲处改为直，可两便，族议既定，即照行。是月，因有拆毁城垣之谣，同志者数十人联名，递呈将军以下各署保城。吾家新宅于是年秋排石脚建筑，周仰之定亥巳兼乾巽三分之向，慕儿独任监工劳，余年老力乏，偶往观之。孟冬二十三日，新宅上梁，钉椽装门，规模略具矣。

丙辰年，七十岁。三月二十一日，江阴独立军与南京等军阀开战。将晚纳，吾邑闭城。城内外各店均闭户，人家亦然。城中闻枪炮声不绝，夜半渐希而止。明晨，家人步行出西门，觅得一舟，即登舟，张福护送之，五点钟时抵许舍，随即雇轿至顾巷，尚未暮。余与子及长孙守宅。越九日，家人归。四月中旬，余七秩诞辰，子欲为我称觞，余素性最恨浪费，最不喜虚体面，再三禁止，乃诸戚友馈赠纷纷，却之不得，无可奈何，勉强治面筵酒席，喧闹一二天，实非吾愿也。下旬，偕诵言、淇卿、俊甫再访匡伯，不遇。归路经黄泥头上岸，至杨翰西所开之纱布厂游玩。六月十八日，迁居新街巷。七月杪，偕友游梅园。八月中旬，又约友八九人买棹游太湖。先在万顷堂项王庙及附近各处盘桓眺望，后又移舟鼋头嘴，步上，立览湖景多时。

丁巳年，七十一岁。清和月十八晨，至惠山许家墩族冢看瘗孙女玉芝，下午，与丙卿同步归。五月二十八日寅时，第五孙凤楼生，乳名小凤。重阳后十余日，同诵言、淇卿、俊甫泛舟东北乡庙住头，访过搢廷，适值伊至八士桥调查，不遇。由伊堂弟某引路，步行里许，至毛竹桥访匡伯，据其家中云上城，与其妻杨氏叙谈片刻，即从原路步行回船，以致伤风数天。迩年来除酬应行草书外，往往向人借山水册页临摹，以作消遣，有时并学习篆隶。

戊午，年七十二岁。正月初三未时，地震。清和月初十日，因修辑宗谱，同俊甫于清早登舟开行，至陡山东房桥访族人抄稿。晚饭时归家。越日，又同赴璜塘镇，到后即令篙工走至土渎，邀之来者四人，日暮去，即安睡。黎明开行，下午进城。中秋节偕丹翼至图书馆，阅《常州府志》及褚《圣教》。昔年辑书画录，向凌伯升借郡志，知清朝仅修一次。侯伯文亦云然。今益知康熙三十四年修后未续耳。

己未年，七十三岁。花朝后因修南吉公墓，特至惠山二三次。清明节祭毕家祠，柏木桥族人来舍商谱稿。孟夏初四日，偕秦润之、王淇卿等共八人放舟作乐，先游鼋头渚，次游万顷堂。下午三时又至梅园各处眺玩，归甚晚。五月下旬起常阴雨，河流渐涨。六月十三四两天大雨，河水更溢，比宣统辛亥仅小六七寸。越日，孑身徘徊五里街，看淹没田畴。月杪，刊工来设榻排印家乘，因有一二事议未定，先印诗词随笔，则家乘告成在冬间矣。余衰老，而乞书画者转多，借以消遣，亦一乐也。

附录:窦镇著述目录及馆藏情况

1. 师竹庐随笔(2 卷)
(1) 民国八年(1919)刻本 2 册
华师大 X10.18—10/8.781
福建省图书馆 862.98/781
另藏:南京图书馆、天津图书馆。
(2) 民国八至十年(1919—1921)活字本 5 册(1 函)
北大 Y/5558/3883
(3) 民国十年(1921)木活字本 2 册
上海图书馆(线普 492646—47)
2. 名儒言行录(2 卷),附窦氏名人言行(1 卷)
民国十二年(1923)无锡文苑阁
华师大 G20.9—6/8.781;复旦 486014
其他版本:民国九年(1920)自强书局,线装
3. 国朝书画家笔录(4 卷)
清宣统三年(1912)苏州文学山房,8 册(2 函)
清华辛 202/8075
清宣统三年(1910)上海进化书局,石印本 1 册
中大,25556
民国十二年(1923)朝记书庄,铅印本 4 册
中大,25611
另藏:华师大 Z20.97-11/8.781
4. 锡金续识小录(纽约公共图书馆有全书图像)https://list-

view. lib. harvard. edu/lists/drs - 461530878

民国十四年(1925)

5. 师竹庐联话(12 卷)

民国十年(1921)木活字本

华师大 2 册 V56. 6—10/8. 781(典藏号)

人大 6 册 PG418/7(典藏号)

苏大 1 册 704131(典藏号)

6. 小绿天庵文稿(2 卷),附楹联(1 卷)

木活字本 1 册

华师大 V48. 6—3/8. 781

另李灵年、杨忠主编的《清人别集总目》第三卷第 2333 页记载为:"民国 8 年无锡文苑阁木活字排印本(北图、南图、粤图、闽图、华中师大、无锡)。"

7. 小绿天庵诗词草(4 卷),附 1 卷

民国八年(1919)木活字本 1 册

华师大 V48. 3—3/8. 781(508935)

另李灵年、杨忠主编的《清人别集总目》第三卷第 2333 页记载为:"民国 8 年木活字排印本(南图、粤图、无锡)。"

8. 小绿天庵诗文补遗(1 卷)

民国九年木活字排印本(无锡)

9. 师竹庐自述

(北京图书馆藏珍本年谱丛刊第 181 册)

10. 小绿天庵简明竹谱

清宣统三年(1911)刻本(蓝印)1 册

华师大 Z21. 9—3/8. 781

11. 忠节祠祀位录

民国四年(1915)活字本 1 册(1 函)

南开 782. 177/705

《中国近现代稀见史料丛刊》已出书目

第一辑

莫友芝日记
汪荣宝日记
翁曾翰日记
邓华熙日记
贺葆真日记
徐兆玮杂著七种
白雨斋诗话
俞樾函札辑证
清民两代金石书画史
扶桑十旬记(外三种)

第二辑

翁斌孙日记
张佩纶日记
吴兔床日记
赵元成日记(外一种)
1934—1935中缅边界调查日记
十八国游历日记
潘德舆家书与日记(外四种)
翁同爵家书系年考
张祥河奏折
爱日精庐文稿
沈信卿先生文集
联语粹编
近代珍稀集句诗文集

第三辑

孟宪彝日记
潘道根日记
蟫庐日记(外五种)
壬癸避难日志　辛卯年日记
嘉业堂藏书日记抄
吴大澂书信四种
赵尊岳集
贺培新集
珠泉草庐师友录　珠泉草庐文录
校辑民权素诗话廿一种

第四辑

江瀚日记
英轺日记两种
胡嗣瑗日记
王振声日记
黄秉义日记
粟奉之日记
王承传日记
唐烜日记
王锺霖日记(外一种)
翁同龢家书诠释
甲午日本汉诗选录
达亭老人遗稿

第五辑

袁昶日记
吉城日记
有泰日记
额勒和布日记
孟心史日记·吴慈培日记
孙毓汶日记信稿奏折(外一种)
高等考试锁闱日录
东游考察学校记
翁同书手札系年考
辜鸿铭信札辑证
郭则沄自订年谱
庚子事变史料四种(外一种)
《申报》所见晚清书院课题课案汇录
近现代"忆语"汇编

第六辑

江标日记
高心夔日记
何宗逊日记
黄尊三日记
周腾虎日记
沈锡庆日记
潘钟瑞日记
吴云函札辑释
新见近现代名贤尺牍五种
稀见淮安史料四种
杨懋建集
叶恭绰全集
孙凤云集
贺又新张度诗文集
王东培笔记二种

第七辑

豫敬日记　洗俗斋诗草
宗源瀚日记(外二种)
曹元弼日记
耆龄日记
恩光日记
徐乃昌日记
翟文选日记
袁崇霖日记
潘曾绶日记
常熟翁氏友朋书札
王振声诗文书信集
吴庆坻亲友手札
画话
《永安月刊》笔记萃编
浙江省文献展览会文献叙录
杨没累集